Le Collaborateur
et autres nouvelles sur la guerre

Première de couverture: © Pixabay/CC0 1.0 Creative Commons.
Deuxième de couverture: [h, g] © Roger-Viollet/BHVP/André Zucca; [h, d] © Roger-Viollet/BHVP/André Zucca; [b] © Gamma-Rapho/Rapho/Serge de Sazo.
Troisième de couverture: [h, g] © Rue des Archives/RDA; [h, d] © Gamma-Rapho/Gamma; [b] © Gamma-Rapho/Rapho/Robert Doisneau.
Page 6: © Collection du Musée de la Résistance Nationale.
Page 127: © Leemage/Gallimard via Opale/Marc Foucault.
Page 132: © Rue des Archives/PVDE.
Page 141: © La Collection/François Guenet.

© Aragon et Éditions Gallimard, 1980, pour les nouvelles extraites du recueil *Servitude et grandeur des Français*.
© Éditions Belin/Humensis–Éditions Gallimard, 2018 pour le choix des nouvelles, l'introduction, les notes et le dossier pédagogique.
170 bis, boulevard du Montparnasse, 75680 Paris cedex 14

Toutes les références à des sites Internet présentées dans cet ouvrage ont été vérifiées attentivement à la date d'impression. Compte tenu de la volatilité des sites et du détournement possible de leur adresse, les éditions Belin et les éditions Gallimard ne peuvent en aucun cas être tenues pour responsables de leur évolution. Nous appelons donc chaque utilisateur à rester vigilant quant à leur utilisation.

Le code de la propriété intellectuelle n'autorise que «les copies ou reproductions strictement réservées à l'usage privé du copiste et non destinées à une utilisation collective» [article L. 122-5]; il autorise également les courtes citations effectuées dans un but d'exemple ou d'illustration. En revanche «toute représentation ou reproduction intégrale ou partielle, sans le consentement de l'auteur ou de ses ayants droit ou ayants cause, est illicite» [article L. 122-4].
La loi 95-4 du 3 janvier 1994 a confié au C.F.C. (Centre français de l'exploitation du droit de copie, 20, rue des Grands-Augustins, 75006 Paris), l'exclusivité de la gestion du droit de reprographie. Toute photocopie d'œuvres protégées, exécutée sans son accord préalable, constitue une contrefaçon sanctionnée par les articles 425 et suivants du Code pénal.

ISBN 978-2-410-01293-4
ISSN 1958-0541

CLASSICOCOLLÈGE

Le Collaborateur
et autres nouvelles sur la guerre

LOUIS ARAGON

Dossier par Florence Renner
Agrégée de lettres modernes

BELIN ■ GALLIMARD

Sommaire

Introduction 7

Le Collaborateur 9
Arrêt sur lecture 1 32
*Découvrir les caractéristiques
d'une nouvelle historique*

Les Rencontres 41
Arrêt sur lecture 2 66
Comprendre l'évolution du héros

Pénitent 1943 75
Arrêt sur lecture 3 88
*Analyser le portrait de deux résistants
que tout oppose*

Arrêt sur l'œuvre
Des questions sur l'ensemble du recueil   97
Des mots pour mieux s'exprimer   100
Lexique du récit et de la nouvelle
Lexique de la résistance
À vous de créer (EPI)   104

Groupements de textes
Groupement 1. Résister en littérature   107
Groupement 2. Poèmes et chansons contre la guerre, d'hier à aujourd'hui   118

→ Questions sur les groupements de textes   126

Autour de l'œuvre
Interview imaginaire de Louis Aragon   127
Contexte historique et culturel   130
Repères chronologiques   133
Les grands thèmes de l'œuvre   134
La nécessité de s'engager
Résistance ou collaboration

Vers l'écrit du Brevet   138

Fenêtres sur...   145
Des ouvrages à lire, des films à voir, des œuvres d'art à découvrir, des lieux historiques à visiter et des sites Internet à consulter

Lexique   152
Lexique de la Seconde Guerre mondiale

Carte des zones d'occupation,
publiée dans *La France en 1940* après l'armistice.

Introduction

À la fois poète et romancier, Louis Aragon demeure l'une des figures essentielles de la Résistance, aux côtés de sa compagne, Elsa Triolet. Si l'on connaît ses poèmes engagés, on connaît moins, sans doute, ses nouvelles, qui, avec humour parfois, dénoncent l'occupation allemande et la collaboration de certains Français avec le régime de Vichy.
Les trois nouvelles proposées ici ont été écrites pendant la Seconde Guerre mondiale puis publiées clandestinement, en 1945, dans le recueil *Servitude et grandeur des Français*. Toutes abordent la question, simple en apparence, du choix politique qu'il a fallu faire à l'époque et de la nécessité d'y répondre : de quel côté se placer ? Les protagonistes des trois nouvelles, chacun à sa manière, prennent position en faveur ou contre le régime de Vichy et l'Allemagne nazie. Posant un regard parfois ironique sur ses personnages, Louis Aragon nous donne à entendre les réflexions d'un collaborateur, mais aussi de deux résistants, dont les consciences s'éveillent peu à peu face aux réalités de la guerre.
Ces trois nouvelles nous amènent également à nous interroger, encore aujourd'hui, sur la nécessité de l'engagement face à des sujets d'actualité.

Pour toutes les références aux événements et aux personnages historiques, voir Lexique de la Seconde Guerre mondiale en fin d'ouvrage, pages 152 à 155.
Les astérisques, dans les notes de bas de page, renvoient aux entrées du lexique.

Le Collaborateur[1]

La porte du magasin se referma. À travers la vitre, M. Grégoire Picot regarda s'éloigner le client qui venait de sortir, un petit homme brun, courbé, à lunettes :

« Ça ne doit pas être un Français », dit-il, avec ce pli de désapprobation rien que d'un côté que Mme Picot redoutait si fort, quand il l'avait devant la soupe.

« Tu crois ? demanda-t-elle avec un ton d'angoisse. Un juif, peut-être ? »

M. Picot haussa les épaules : juif ou pas juif, en tout cas, il écoutait la radio anglaise[2]. Le poste qu'il avait laissé à réparer était là, au milieu des autres, un petit Lincoln qui s'était mis à grésiller lamentablement. Une connexion défectueuse. Ou une lampe, on verrait. Quand on aurait le temps, parce que, qu'est-ce qu'il y avait comme réparations qui s'entassaient, et tout le monde voulait un tour de faveur. Avec ça, plus de pièces de rechange.

« Moi, dit Mme Picot, je ne suis pas comme toi. Je ne suis pas pour la collaboration, mais ça me fait quelque chose quand un

---

1. Collaborateur : personne qui coopère avec un ennemi occupant le territoire national, en l'occurrence avec l'Allemagne nazie*.
2. La radio anglaise : périphrase qui désigne le général de Gaulle*, chef de file de la Résistance* à Londres.

juif entre chez nous... C'est tout de même eux qui nous ont valu la guerre... et qu'on a tué notre pauvre petit.

— D'abord, interrompit son mari, agacé, tu l'as déjà dit, et puis Pierre n'a pas été tué, tu le sais très bien... Il faut un peu de logique. Il y a des gens qui ne sont pas juifs et qui n'en valent pas mieux pour ça... »

Berthe Picot soupira : qui savait comment tout cela allait finir ! Avant, il y avait moins de travail, il fallait sourire aux clients, mais aussi les rassortiments étaient faciles, et puis on ne se préoccupait pas de savoir à qui on avait affaire. Grégoire disait bien que c'était ce qui nous avait menés là. Il était pour la collaboration, Grégoire ; dans le quartier, tous les gens étaient contre, et on parlait très mal des collaborateurs, cela effrayait un peu Mme Picot, qui se contentait d'être pour le gouvernement[1], mais pas pour la collaboration ; son mari avait beau dire qu'il faut de la logique... Mme Picot était une brave femme, mais elle avait peur des juifs. Avec tout ce qu'on en dit ! Mme Delavignette, l'épicière, prétendait que c'étaient des menteries[2] : il n'y a pas de fumée sans feu. Grégoire, lui, disait toujours qu'il n'était pas antisémite[3] : eh bien, pourtant, il en racontait sur les juifs, des vertes et des pas mûres ! C'est la preuve que ce n'est pas le parti pris. Une chanson emplit la boutique.

« Quel talent, cette Suzy Solidor[4] ! » dit M. Picot qui avait du goût pour la musique, même que c'était pour cela qu'il s'était spécialisé dans la radio. Il avait tourné le commutateur[5] du Telefunken[6] de Mme Princeton. Quelle merveille, ces postes allemands ! Il y

---

1. Gouvernement : gouvernement de Vichy*, dirigé par le maréchal Pétain*, qui collabore avec l'Allemagne nazie.
2. Menteries : mensonges.
3. Antisémite : hostile aux juifs.
4. Suzy Solidor (1900-1983) : chanteuse, actrice et romancière française, qui tenait un cabaret fréquenté par les soldats allemands durant l'Occupation. Elle ajouta à son répertoire une adaptation française de la chanson allemande *Lili Marleen* (voir p. 12).
5. Commutateur : bouton qui allume ou éteint un appareil.
6. Telefunken : marque de poste de radio allemand.

a des gens, il suffit que quelque chose soit allemand, pour qu'ils le dénigrent.

« Moi, je sais reconnaître ce qui est », dit-il à voix haute, et Berthe crut qu'il s'agissait de Suzy Solidor.

Parce qu'elle-même, depuis le 11 novembre[1], elle n'aimait plus tant que Grégoire parlât bien des Allemands. Ce qui lui faisait hausser les épaules, à Grégoire :

« Il faut un peu de logique... Tant qu'ils n'occupaient que la zone occupée... alors ils étaient bons pour les autres, ils avaient toutes les qualités, mais maintenant que vous les avez, alors ça ne va plus... Il faut un peu de logique. »

C'était vrai que, dans le quartier, des tas de gens avaient varié d'opinion, depuis le 11 novembre. Grégoire Picot n'était pas comme ça, lui : il ne tournait pas sa veste toutes les cinq minutes. Une occupation, c'est une occupation, ça ne peut pas aller sans inconvénients, il fallait s'y attendre.

« Quand on voit les choses de près, disait Mme Picot, ce n'est tout de même pas la même chose ! »

Son mari répondait que ça le faisait ricaner des raisonnements à la gomme comme celui-là : alors, ce qu'on pense dépendrait du premier incident venu, vous parlez de convictions ! Et puis, si dès que ça vous touche, ça change tout, quelle valeur ! C'était comme les gens qui lui disaient qu'il aurait dû être contre les Allemands, à cause de son fils. D'abord, Pierrot n'avait pas été tué par les Allemands. Et d'un. Un de ces stupides accidents des routes de l'exode[2], comme il se repliait avec sa batterie[3]... Ceux qui disaient que c'était du pareil au même, parce que s'il n'y avait pas eu les Allemands, il n'y aurait pas eu l'exode, et tout ce chambardement, ceux-là parlaient pour ne rien dire. Enfantin. Et puis, si Pierrot avait été tué par les Allemands, ça aurait été

---

1. Le 11 novembre : l'invasion de la zone non-occupée* par l'Allemagne le 11 novembre 1942.
2. Exode : fuite massive des populations devant l'invasion des troupes allemandes en mai-juin 1940.
3. Batterie : bataillon.

le même tabac. Parce que ce n'est pas parce que c'est mon fils.
Parce qu'il faut avoir un peu de logique, tout de même, tout de
même. Si son fils avait été tué par les Allemands, M. Grégoire
Picot n'en aurait pas moins été collaborateur. Parce que, sans ça,
cela aurait été le fils de quelqu'un d'autre la prochaine fois. Parce
qu'où serait le mérite, si on était à l'abri des inconvénients de
ses opinions ? Qu'on ne va pas dire qu'il fait nuit en plein midi,
parce que le soleil vous dérange. Et ça va continuer longtemps,
ces vendettas[1] ? Je tue ton fils, tu tues son fils, il tue notre fils…
On se croirait à l'école ! Eh bien, tenez, j'accepte de penser que
Pierre a été tué par les Allemands… pour faire plaisir à Berthe…
parce que c'est étrange, mais ça lui ferait plaisir… C'est inexact,
mais je le pense. Eh bien, ça ne modifie rien de ma vision du
monde…

Quand Grégoire parlait de sa vision du monde, Berthe était tout
simplement écrasée. Elle savait que son mari aimait bien Pierrot.
C'était la preuve… quelle preuve meilleure aurait-il pu donner de
sa sincérité ? Elle se tuait à le répéter à Mme Delavignette, à tout
le monde, à M. Robert, aux vieilles demoiselles de la mercerie[2]…

Bzz… brr… gr… Fchtt… badaboum… *tue les mouches… tue
toutes les mouches…* Ah ! cet enfant.

« Tu sais bien, Jacquot, qu'il ne faut pas toucher ! »

Suzy Solidor avait glissé dans les mouches. M. Picot rétablit *Lily
Marlène* et caressa la petite tête bouclée. C'était sa faiblesse, cet
enfant, tout ce qui lui restait de Pierre. Abandonné par la mère,
une pas grand-chose. Il ressemblait aux petits anges des images,
vous savez ceux qui sont drôlement accoudés…

« Va avec ta grand-mère, mon amour. Grand-père a à travailler… »

Il le regarda s'éloigner avec sa femme, touchant à tout au
passage, manquant de jeter par terre la boîte avec les lampes

---

1. Vendettas : vengeances perpétuées sur plusieurs générations.
2. Mercerie : boutique d'objets destinés à la couture.

apportées le matin même par le représentant de Visseaux[1], tirant sur l'antenne déployée du poste portatif à peine réparé. Ce qu'il était mignon pour trois ans et demi… Il était né au début de la guerre. Il y avait du *fading*[2] sur Radio-Paris. Cette Suzy Solidor, une Malouine[3] : elle descendait d'un corsaire qui avait combattu les Anglais. C'était sur *Sept-Jours*[4]. Qu'est-ce que j'ai fait du tournevis ? Ah ! le voilà.

C'est un métier propre, et M. Picot se félicitait sans cesse de l'avoir adopté, malgré les difficultés de l'heure. La cabine de réparation où il s'isolait du magasin, comme un cordonnier dans ses chaussures qui ne veut pas que les pratiques le dérangent, dès le printemps, tous les ans, il la déplaçait du fond où elle était en hiver, pour qu'elle fût ouverte du côté de la devanture, histoire de ne pas perdre un rayon de lumière. C'était agréable de travailler en musique. Aïe ! Il s'était piqué à la main gauche. Qu'est-ce que j'ai ? La vue baisse.

On était vendredi. Mme Picot avait failli oublier le confiseur[5]. Et le petit qui avait ses bonbons à toucher[6]. Elle reparut dans la boutique :

« J'avais oublié le confiseur… Je te laisse le petit ou je l'emmène ? »

M. Picot n'avait pas compris. Il baissa le poste.

« Comment ? Ah ! oui. Laisse le petit, il ne me dérange pas. »

Évidemment, si le père de cet enfant avait été tué par les Allemands, ça les aurait arrangés, les voisins. Ils auraient eu un argument contre lui, Picot, qui ne pensait pas comme eux, qui s'était inscrit à la Légion[7], qui avait cessé d'y aller d'ailleurs, parce que

---

1. Visseaux : société qui fabriquait entre autres des ampoules.
2. *Fading* : disparition progressive du niveau sonore d'une musique (le terme signifie « évanouissement », en anglais).
3. Malouine : habitante de Saint-Malo, en Bretagne.
4. *Sept-Jours* : journal d'actualité publié pendant la Seconde Guerre mondiale.
5. Confiseur : marchand de friandises.
6. À toucher : à recevoir.
7. Légion : Légion française des combattants (LFC), organisation créée en 1940 par le régime de Vichy et regroupant d'anciens combattants de la Première Guerre mondiale.

la Légion nous a bien déçus, et que qu'est-ce que c'est que ces parlotes… On a un gouvernement. Eh bien, il gouverne ! Et un chef de gouvernement. Alors.

Oui, ça les aurait arrangés. Le malheur, pour eux, était qu'on savait à quoi s'en tenir. Une lettre de son capitaine. La visite d'un camarade, ce voyageur en pâtes alimentaires. Un homme pas très intelligent. Qui croit tous les bobards[1]. C'est son affaire. Il avait assisté à l'accident. Et je ne vois pas, mais alors là, pas, ce que ça aurait fait comme différence. Berthe donnait l'exemple de ce grand cheval[2], qui travaillait aux *Biscuits Blond*[3] avant, et qui était maintenant dans l'administration. C'était une fine mouche[4], Berthe, avec ses airs bébêtes. Elle choisissait le grand cheval comme exemple, parce que le grand cheval était collaborateur, pour acheter Grégoire par là. Qu'est-ce que ça pouvait lui faire ? Lui, justement, les arguments personnels ne le touchaient pas. Il s'agit de dominer la question. Dominer la question…

Ah ! la barbe pour les nouvelles sportives ! Il tâtonna un peu, et vous trouva une de ces petites musiques aux pommes[5]… Rome probablement… Ils ont de bons orchestres, en Italie.

Le grand cheval… comment s'appelle-t-il donc ? enfin ! il est tout à fait pour la collaboration. Avant la guerre, il avait des idées plutôt… Il avait raté son concours. On ne l'aurait jamais pris dans l'administration. Et puis, après l'armistice[6], avec toutes ces révocations, comme il n'était pas mal noté pour les idées… ayant changé… certainement le facteur personnel jouait dans son cas, les gens le disaient parce qu'ils étaient contre lui, à cause de la collaboration, mais Grégoire était juste ! Il reconnaissait

---

1. Bobards : mensonges (familier).
2. Cheval : homme fort (familier).
3. *Biscuits Blond* : usine de fabrication de biscuits, du nom du fondateur, Eugène Blond.
4. Une fine mouche : une personne maligne.
5. Aux pommes : agréable (on dirait aujourd'hui « aux petits oignons »).
6. L'armistice : l'armistice* du 22 juin 1940, qui définit les conditions de l'occupation de la France par l'Allemagne.

que c'était vrai, le facteur personnel avait joué. Mais qu'est-ce qu'on voulait prouver par là ? Le facteur personnel… Le facteur personnel… Est-ce que j'ai intérêt personnellement à la colla-
160 boration ? Je n'étais pas plus malheureux avec la République non plus. Pourtant, c'était une pourriture. Mais je n'étais pas plus malheureux. Le grand cheval, d'ailleurs, il était pacifiste, avant-guerre. Alors, il a changé sans avoir changé. Il faut de la logique. Il croyait à la paix par le chambardement, maintenant
165 il croyait à la paix par la collaboration. Dommage qu'il n'y en ait pas plus comme lui… même si c'est le facteur personnel… tout le monde ne pouvait pas être comme M. Catelin. Celui-là ! Vous parlez de logique : antimilitariste[1] quand on avait une armée, maintenant qu'on n'en avait plus, il ne pouvait plus
170 s'en consoler.

C'est embêtant. Il faut tout le temps surveiller le poste. On n'est pas plus tôt sur de la musique, que ça se met à bavarder…

Évidemment, je l'aurais parié. C'est la 6Q7[2] qui ne vaut plus tripette[3]. Ça, il me l'a bien dit, l'homme de Visseaux : le client
175 pourra se brosser. S'il n'est pas content, il ira ailleurs. On ne la lui aura pas. À moins qu'il tombe sur un type qui fait du marché noir[4]. Moi, je ne vois pas pourquoi je ferais du marché noir. Pour se faire prendre un jour ou l'autre, et aller à Fort Barrault[5], quand on gagne très bien sa vie comme ça… Et pour
180 qui, je vous le demande, pour ces gens qui écoutent Londres dix fois par jour… Vous ne m'avez pas regardé !

D'ailleurs, M. Picot était un honnête homme. Même les voisins, les blanchisseurs, qui étaient des gaullistes[6] enragés, ne disaient

---

1. Antimilitariste : opposé aux institutions et à l'esprit militaires.
2. 6Q7 : élément du poste de radio.
3. Tripette : rien (familier).
4. Marché noir : vente clandestine, souvent à prix élevé, de produits rares ou rationnés.
5. Fort Barrault : ancien fort situé en Isère, qui servit de prison durant la Seconde Guerre mondiale, mais aussi de lieu de transit vers les camps d'extermination*.
6. Gaullistes : partisans du général de Gaulle*, résistants.

pas le contraire. C'était bien ce qui les faisait tous bisquer[1], les mercières, M. Robert, tous : honnête, et collaborateur ! Et pourquoi est-ce que cela leur paraissait si contradictoire, je vous le demande ? Voilà comment est le monde : celui qui ne pense pas comme vous est une canaille, a tué père et mère, *et caetera*...

« *Et caetera*... », répéta tout haut M. Picot, qui venait de laisser tomber à terre un petit écrou, et pas de plaisanterie : on n'en retrouve plus.

M. Picot, lui, pensait qu'on pouvait être anglophile[2] et bon père de famille, et même il n'aurait pas fallu le pousser beaucoup pour lui faire dire qu'il y avait des braves gens chez les francs-maçons[3]. Partout d'ailleurs. Enfin, il ne faut rien exagérer, parce que... Les communistes[4]... mais qui est-ce qui parle des communistes ? Les salauds sont les salauds.

« *Aqui Radio-Andorra*[5]... »

Et tuitt, tuitt, tuitt... et tuitt, tuitt, tuitt. Cette femme, c'est un vrai oiseau. Alors ce n'était pas Rome du tout. Ça n'empêche pas qu'ils ont de bons orchestres en Italie.

Maintenant, être gaulliste et intelligent, ça, non, ce n'était pas Dieu possible. Vous me couperiez la langue, plutôt que me le faire dire. Il faut être bouché. Est-ce que je n'ai plus de ce petit fil ? Si. Bien. Bouché. Je voulais toujours tenir un registre des bourdes de la radio des émigrés[6]. Il faudrait l'écouter pour ça. On peut reconnaître à l'adversaire qu'il n'est ni un voleur, ni un vendu... Enfin, quelques-uns... mais lui dénier... dé-ni-er... la plus élémentaire intelligence... Voyons si le courant passe...

---

1. Ce qui les faisait tous bisquer : ce qui les énervait tous (familier).
2. Anglophile : qui aime l'Angleterre, sa culture, sa langue, ses coutumes.
3. Francs-maçons : membres d'une société mondiale fermée, qui recherchent le progrès individuel et collectif.
4. Communistes : partisans du communisme* ; les communistes, poursuivis par les nazis, participent activement à la Résistance*.
5. *Aqui Radio-Andorra* : « Ici Radio-Andorre » ; la principauté d'Andorre est un État du sud de l'Europe, bordé par l'Espagne et la France.
6. Voir note 2, p. 9.

Il passe. Alors, ce n'est pas ça... Mais je croyais que Jacquot... Est-ce que Berthe n'avait pas dit qu'elle le laissait là?

M. Picot se leva précipitamment. Où son petit-fils pouvait-il être? On n'entendait pas le moindre bruit. L'arrière-boutique... La cuisine... Le cœur lui battait: ce petit devait avoir fait une bêtise. Ah, Berthe avait laissé la porte de la cour ouverte! Naturellement! Il n'était pas dans la cour. Par exemple! Le vantail[1] qui donnait droit sur la rue béait[2]. Le gosse jouait à la balle sur le trottoir.

«Jacquot, veux-tu bien! Quand on pense qu'une voiture...»

La petite main douce bougeait doucement dans la main du grand-père.

«Nain... Nain... Jouguer à la balle, bon pape[3]!»

Bon pape s'attendrit encore. Mais il avait eu chaud. Dire que c'était déjà assez grand et assez fort pour ouvrir cette diablesse de porte tout seul, et elle était lourde! et aller dans la rue... Heureusement que la circulation n'était plus ce qu'elle était...

«Là, mets-toi là bien sagement, avec tes cubes, écoute la jolie musique!»

Oui. Mais le petit ange ne voyait pas plus tôt les yeux du grand-père accaparés par le travail qu'il touchait déjà à tout, que des objets sonores tombaient, des bruits singuliers et effrayants se déchaînaient à l'autre bout de la boutique, où on ne croyait pas qu'il était déjà. J'aurais dû dire à Berthe de l'emmener. Il est si joli, ce petit chat, malgré tout... Dire qu'il ressemble à sa garce de mère! Ah, et puis, c'est le fils de Pierre, d'abord! Pierre aussi, tout petit, était insupportable. Et puis costaud...

Qu'est-ce qu'il penserait, Pierre, s'il vivait? Comme moi. Pourquoi pas comme moi? Il était intelligent. Il aurait tout de même pu ne pas penser comme moi. Sans qu'il soit gaulliste, parce que ça! Il pourrait y avoir des divergences[4] d'opinions entre nous...

---

1. Vantail: battant de la porte.
2. Béait: était grand ouvert.
3. Bon pape: bon-papa, grand-père.
4. Divergences: différences.

Pas trop fortes, j'espère... Mais enfin on ne peut pas penser exactement la même chose... Logiquement. Il aurait dû penser la même chose que moi. Si tout de même il n'avait pas pensé tout à fait la même chose que moi... Puisque le pauvre petit nous a quittés, qu'est-ce que j'ai besoin d'imaginer ?

« Jacquot ? joue avec tes cubes, mon enfant ! »

Il n'y a que les imbéciles qui se refusent à envisager les choses désagréables : s'il n'avait pas du tout, mais alors, là, pas du tout pensé comme moi... Eh bien, ça n'aurait rien changé à rien ! La vérité est la vérité. Un et un font deux, même si Pierre...

Ça aurait été pénible tout de même. Parce qu'autrefois on pouvait ne pas être du même avis dans une famille. Nous étions tout à fait d'accord. Mais enfin si on n'avait pas été d'accord... tandis que maintenant... Déjà avec tous les voisins contre soi. Et ces menaces de la radio anglaise contre tous ceux qui pensent français ! Il y a un colonel avec une voix qui lui sort des talons... Je l'ai entendu une fois... On serait joli, s'ils étaient vainqueurs ! Sans parler du bolchevisme[1]. Heureusement que c'est impossible. Pas si impossible que tout ça, c'est pourquoi il faut ce qu'il faut... Impossible quand même...

« Jacquot, mon mignon, où es-tu passé, diable d'enfant ? Ah, non, je n'étais pas fait pour être nourrice ! Le chatterton[2] ! Malheureux ! Il me flanque du chatterton partout. »

Cela prit un petit temps de décoller le chatterton, de tout remettre en place. Puis il fallut laver les petites pattes du mignon, toutes poisseuses, et il riait, si blond, si lumineux, en agitant les menottes dans l'eau savonneuse ! Pour lui, on avait encore du savon d'avant-guerre.

Tout de même, Pierre n'aurait jamais été assez bête pour couper dans leurs panneaux[3]. Ce que les gens racontent ! Ça vous

---

1. Bolchevisme : ici, synonyme de communisme*.
2. Chatterton : gros scotch isolant.
3. Couper dans leurs panneaux : tomber dans le panneau, dans le piège ; ici, celui de la Résistance, que Grégoire Picot considère comme dangereuse.

rappelle l'autre guerre[1], les mains coupées des petits enfants… Tant qu'on s'est battu, ces histoires-là avaient cours, on se serait fait écharper si on avait eu l'air d'en douter. Puis la paix est arrivée : on n'en a plus entendu parler, plus d'atrocités allemandes, personne ne disait plus Boche[2], personne… Maintenant, c'est pareil : on écouterait les gens, les occupants seraient des monstres, et je te fusille, et je te torture, les mères séparées de leurs petits, les malades achevés dans les hôpitaux, est-ce que je sais ce qu'ils vont inventer, moi ! Et comme ça ne leur suffit pas d'accuser les Allemands, ils prétendent que les Français en font autant, que NOUS en faisons autant ! Ces récits horrifiques de ce qui se passe dans les camps de concentration, les prisons… des épingles dans les talons… le genre chauffeur de la Drôme… enfin, la police du Maréchal[3], si on les croyait, ce serait l'Inquisition[4], l'Inquisition ![5] Naturellement, pas un mot de nos villes bombardées, des bombes systématiquement jetées par les Anglais pour plaire aux juifs de Washington, sur les hôpitaux, les écoles maternelles, les jardins d'enfants ! Ça, pas un mot ! Non, Pierre n'aurait pas été assez bête…

Une idée.

« Tiens, mon Jacquot chéri, voilà le beau livre d'images où on voit les tigres et les lions, et le pauvre petit agneau, et le méchant loup. C'est extraordinaire, la passion de ce bout de chou pour les images. J'en ai pour un quart d'heure au moins de tranquillité… »

Dzing. La sonnette prolongée de la porte qu'on ne ferme pas.

« Fermez la porte ! »

---

1. L'autre guerre : la Première Guerre mondiale (1914-1918).
2. Boche : Allemand (péjoratif).
3. La police du Maréchal : la Milice*, créée par le maréchal Pétain*, chargée de traquer les juifs et les résistants.
4. Inquisition : tribunal religieux, instauré au XIIIe siècle, chargé de lutter contre l'hérésie et la sorcellerie.
5. Grégoire Picot montre ici une attitude de déni face aux crimes perpétrés par les nazis et les régimes collaborateurs. Cette posture, appelée « négationnisme », est punie par la loi française depuis 1990.

Le monsieur bafouilla.

« Non, monsieur, je ne tiens pas cet article-là... »

Le monsieur battit en retraite[1]. Il ressemblait à Michel Simon[2]. Mais d'où lui venait cette idée saugrenue de demander des pinces à linge à un réparateur de radio ? Je vous le dis, les gens sont incroyables, de nos jours. Des pinces à linge ! On leur dirait : « Tenez, voilà des pinces à linge ! » ils les prendraient sans s'en étonner. Je parierais même qu'ils demanderaient combien ! Alors la radio de Londres a beau jeu, vous pensez ! Et si on avait le bolchevisme, ils ne s'en apercevraient pas. Ou bien... enfin, non... C'est-à-dire si, ils s'en apercevraient alors ! Ah, oui, ils s'en apercevraient ! En attendant, ils flirtent avec ! Les mercières, pas plus loin : l'autre jour, elles disaient qu'elles préféreraient Staline[3] chez elles qu'Hitler ! Non, mais il faut se représenter ce que ça a de bouffon : Staline chez ces dames, venant chercher dix sous de coton à repriser... Ah, ah, au fond, il n'y a pas là de quoi rire ! Elles ne riraient pas, si Staline... Il est plus près qu'on ne croit... Pas personnellement, bien sûr, mais... Tandis qu'Hitler... Elles seraient jolies, les mercières, si Hitler était battu ! Moi, c'est bien simple, à cette idée... Mais M. Laval[4] a dit que c'était impossible... et cet homme-là, j'ai confiance en lui... Il ne s'est jamais trompé. Il a toujours combattu le bolchevisme. Il a tout de suite vu que Mussolini[5], c'était la paix. Dzing. Bon. Qu'est-ce que c'est encore ?

« Fermez la porte, madame ! »

---

1. Battit en retraite : recula, se retira (expression d'origine militaire).
2. Michel Simon (1895-1975) : acteur d'origine suisse, qui joua notamment dans le film, très célèbre à l'époque, *Quai des brumes*, sorti en 1938.
3. Joseph Staline (1878-1953) : dirigeant communiste de l'URSS, de 1929 à sa mort, qui instaura un régime totalitaire*.
4. Pierre Laval (1883-1945) : chef du gouvernement de Vichy*, principal maître d'œuvre de la collaboration avec l'Allemagne nazie.
5. Benito Mussolini (1883-1945) : homme d'État italien qui fonda le fascisme, régime totalitaire* proche du nazisme d'Adolf Hitler*.

Mais cette rage qu'ils ont tous de rester comme ça, là, la porte ouverte et la main sur le bec-de-cane[1] !

« Monsieur, c'est pour le Secours national... Vos débris de laine...
— Mais, madame, quels débris de laine ? Je ne suis pas matelassier, madame ! Je répare des radios, madame... »

Elle se contenta de dix francs. C'était une personne pâle sur mesure, avec toute sorte d'insignes sur ses seins plats.

« Le joli enfant ! dit-elle en s'en allant. Comme il est sage ! »

C'était vrai ! Jacquot avait la fièvre à regarder le petit agneau. Il leva des yeux brillants sur son grand-père et lui montrant du doigt le Chat botté, il demanda : « Qui c'est, ça ? » avec une soif de savoir un peu artificielle, car il n'ignorait rien du Chat, du marquis de Carabas, ni de tout le reste, cent fois raconté. Le grand-père le prit sur ses genoux et commença pourtant l'histoire :

« En ce temps-là, le monde n'était pas tranquille, ni bien arrangé comme de nos jours... Les petits garçons ne pouvaient pas courir dans la rue, parce qu'il y avait des brigands, et des ogres qui les mangeaient, et dans la campagne il courait des méchants loups avec de grandes dents...

— Il a été sage ? » demanda Mme Picot, qui rentrait.

« Comme une image... C'est-à-dire que ce sont plutôt les images... »

Il s'arrêta, effrayé :

« Mais, qu'est-ce que tu as, Berthe, tu es toute pâle ? »

Elle était toute pâle, en effet. Dans la toile souvent lavée de sa robe blanche à fleurs imprimées, elle faisait peur, la bonne grosse. On lui voyait le cœur battant, elle tenait les deux mains serrées sur le minuscule paquet de bonbons pour Jacquot.

« C'est affreux, dit-elle, il y a encore eu une bombe... »

Ce n'était pas une raison pour se mettre dans cet état, mais en effet c'était affreux. Picot demanda :

« Il y a des morts, des Allemands ?
— Oui. Deux. Ces pauvres gens... Mais ce n'est pas ça...

---

1. Bec-de-cane : poignée que l'on peut retirer.

– Comment, pas ça ? On a tué deux pauvres garçons, et tu trouves que ça n'est pas ça ?

355 – Non, tu sais, le fourreur... Oui, M. Lepage, cette nuit... ils sont venus l'arrêter... La Gestapo[1]... et sa femme et sa fille[2]. »

M. Grégoire Picot regarda sa femme avec stupeur :

« Qu'est-ce que ça veut dire ? D'un côté, deux morts... deux jeunes gens... vraisemblablement des jeunes gens... qui faisaient
360 leur devoir... De l'autre, des gens qui ne faisaient apparemment pas le leur, qui conspiraient[3], qu'on vient chercher chez eux, comme ils s'y exposaient, pour savoir à quoi s'en tenir... et c'est ça qui te bouleverse ? »

Berthe eut du mal à s'expliquer, les Lepage avaient été enlevés,
365 emmenés on ne savait où, le père de madame avait essayé de savoir, on lui avait dit de se mêler de ce qui le regardait, il avait dit que justement, les Allemands avaient dit que c'était un bon conseil, et les Français que ce n'était pas leur boulot... Son mari l'interrompit :

370 « Vous jetez des bombes, et puis après vous venez vous plaindre ! Un peu de logique, nom de Dieu, un peu de logique !

– En attendant, dit Berthe, vexée, on a une fois de plus le couvre-feu[4] à 8 heures, et dès ce soir, s'il te plaît... »

Le couvre-feu ? Grégoire la regarda, interloqué. Puis se ressaisit.
375 Très vite. Parce que le couvre-feu, ça le connaissait, on l'avait tous les huit jours. Ce n'était pas le couvre-feu, qu'on eût le couvre-feu, qui l'avait à vrai dire interloqué : mais le ton de Berthe. Un ton péremptoire[5], d'évidence, de démonstration. Qu'est-ce

---

1. Gestapo : police secrète d'État du Troisième Reich*, chargée de traquer les opposants au régime nazi.
2. Cette anecdote du fourreur et de sa famille, enlevés par la Gestapo, est un fait réel. Elle a été reprise par la compagne de Louis Aragon, Elsa Triolet, dans sa nouvelle intitulée « Yvette », parue en 1943 dans le recueil *Quatre récits de l'Occupation*.
3. Conspiraient : complotaient.
4. Couvre-feu : mesure de police ou ordre militaire qui interdit, pour des raisons de sécurité, de sortir de chez soi, de manière permanente ou à partir d'une certaine heure le soir.
5. Péremptoire : qui n'accepte pas la discussion.

qu'elle cherchait à lui démontrer par là ? Le couvre-feu ? Et puis après ? Bien entendu, qu'on avait le couvre-feu. Quand on jette des bombes, il y a le couvre-feu. Tout le monde sait ça. Qui est-ce qui a commencé, on n'allait pas reprocher le couvre-feu aux Allemands. Ils n'y étaient pour rien. Il faut un peu de logique.

« Évidemment, c'est dérangeant, concéda-t-il. J'avais envie d'aller au cinéma, ce soir. Pour un film allemand qu'on joue au *Ciné des Fleurs*, justement, *Le Juif Süss*[1]. J'avais regretté de ne pas l'avoir vu, quand on l'a donné en ville, l'autre année. Il paraît que c'est très fort. Très bien joué… Tant pis. On n'en mourra pas. À la guerre comme à la guerre. Mais toi, bien sûr, du moment qu'il y a le couvre-feu et que ça te gêne tant soit peu, du coup tu voudrais voir les Allemands au diable !

— Oh, ça, oui ! s'écria-t-elle du fond du cœur.

— Si le ciel t'entendait, malheureuse, nous serions dans de beaux draps… J'aime mieux avoir le couvre-feu de temps en temps que tous ces excités jouant du revolver sur l'ordre de Londres… ou un commissaire du peuple dans mon magasin !

— Un commissaire du peuple dans ton magasin, pour quoi faire ?

— Ne fais pas l'idiote, tu me comprends très bien. Mais parlons d'autre chose : imagine-toi que Jacquot, que je croyais bien tranquille, tu étais partie depuis dix minutes pas plus…

— Viens de l'autre côté, il faut que je me dépêche pour faire mon dîner. Je me suis attardée avec cette histoire du fourreur. Le confiseur dit que sa fille recevait des parachutistes[2]…

— Des parachutistes ? tu vois bien ! Ces gens-là ne sont pas intéressants. Mais si on écoutait tout ce qui se raconte ! D'abord, les parachutistes, ce sont des histoires pour faire peur aux petits enfants. Il n'y a pas de parachutistes. C'était un espion, ton fourreur, et la petite Lepage est une grue[3].

---

1. *Le Juif Süss* : film de propagande* nazie de Veit Harlan, sorti en France en 1941.
2. Parachutistes : soldats parachutistes des troupes alliées*, qui combattent l'Allemagne nazie et le régime de Vichy*.
3. Grue : femme facile et vénale, prostituée (péjoratif).

– Oh, une grue, elle est très correcte !

– Tu la défends ? Si tu avais une fille, est-ce que tu lui permettrais de recevoir des parachutistes ? Non ? Alors. Un peu de logique. Et puis, quand je dis, moi, que les Allemands sont corrects, qu'ils font ce qu'ils ont à faire, je vois sur ton visage que ça t'exaspère !

– Ça ne m'exaspère pas, ça me gêne…

– Ne joue pas sur les mots ! Ça t'exaspère. Mais la fille du fourreur reçoit des parachutistes dans son lit, et tu la trouves correcte !

– Qui est-ce qui t'a dit que c'était dans son lit qu'elle les recevait, la pauvre fille ?

– *La pauvre fille* est admirable ! Mais toi… ou plutôt… non… Personne… Mais avec un peu de logique… elle ne devait pas les recevoir dans le lit de sa mère… et puis, je suppose que c'est dans son lit, parce que c'est dans son lit qu'on faisait ces choses-là, de mon temps… et à moins qu'on ait tout changé… c'est peut-être le swing… le genre zazou[1]… Qu'est-ce qu'il y a, Jacquot ? »

Le petit voulait des bonbons.

« Tout à l'heure, mon mignon, au dessert, ça te couperait l'appétit. Tiens, je ne discute pas avec toi, Grégoire, tu es injuste pour cette malheureuse, et puis il est 7 heures, et mon fourneau n'est pas allumé.

– Des bonbons, des bonbons ! »

Jacquot disparut sur les pas de sa grand-mère. 7 heures déjà ! La porte du magasin s'ouvrait avec le dzing qui ne s'arrête pas de la sonnette.

« Fermez la porte ! cria M. Picot. Qu'est-ce que c'est ?

– Vous ne pourriez pas me dire où je pourrais trouver du blanc d'Espagne[2] ? »

---

1. Swing : musique rythmée, inspirée du jazz américain et appréciée de la jeunesse à l'époque ; **genre zazou** : genre propre aux zazous, nom donné aux jeunes des années 1940 qui se faisaient remarquer par leur goût pour le jazz américain et leurs tenues vestimentaires extravagantes.
2. Blanc d'Espagne : craie purifiée qui pouvait servir de produit de nettoyage.

Un comble. Du blanc d'Espagne maintenant! 7 heures du soir! Et un homme avec une voix de basse, on aurait dit Raimu[1]! Tout à l'heure, Michel Simon, maintenant Raimu… tout le cinéma, quoi. Il ne demanda pas son reste.

Il était l'heure d'enlever le bec-de-cane. On viendrait lui demander des lacets de chaussures sans ça, la prochaine fois. Sur le pas de la porte, pourtant, il s'attarda un peu. Il faisait doux, chaud, mais pas trop tout de même pour la saison. C'était cette pluie de la veille qui avait fait du bien. Il salua l'épicière d'en face, qui s'inclina assez sèchement. Une mijaurée[2], cette Mme Delavignette! Il sortait comme une buée de chez le blanchisseur à côté, c'était une rue bien calme, avec la place tout près, où il y avait le terminus d'un tramway qui n'y arrivait plus depuis six mois. Un bicycliste passa comme un fou.

«Vous voyez ça, monsieur Picot, lui dit le blanchisseur de sa porte. Ces jeunes gens se croient tout permis, maintenant qu'il n'y a plus d'autos. Des fois que votre petit-fils, par exemple, aurait joué sur la chaussée.

— Ne m'en parlez pas, monsieur Brun!» répondit Grégoire avec ce petit air de supériorité qu'il avait avec les gens qui n'étaient pas de son monde. «Des gamins comme ça, un petit tour en Allemagne ne leur fera pas de mal!

— Ce n'est pas ce que je voulais dire…»

Quelqu'un avait dû appeler M. Brun à l'intérieur, qu'il disparût brusquement. M. Picot hocha la tête. La relève[3] était un fait. La susceptibilité des gens n'y changeait rien. C'est excellent pour les jeunes gens d'être un peu dressés. Jadis, il y avait le service militaire. Maintenant, il n'y avait plus de service militaire. Heureusement qu'en Allemagne… Nous leur devrons une fière chandelle, à ces

---

1. Raimu (1883-1946): acteur français très célèbre à l'époque.
2. Mijaurée: femme prétentieuse et ridicule dans ses manières.
3. Relève: système imposé par les Allemands en mai 1942, qui prévoyait la libération d'un prisonnier de guerre français contre l'envoi en Allemagne de trois travailleurs volontaires.

gens-là. Qu'est-ce que nous aurions comme vauriens, sans eux ! et comme fainéants !

Il fit un tour jusque sur la place. Là encore, il y avait des garçons de seize, dix-sept ans, à ne rien faire, assis sur le dossier d'un banc, d'autres debout, parlant fort. M. Picot ne dit pas ce qu'il pensait. Il s'arrêta devant la colonne où on avait apposé une affiche de la Milice[1], et la lut. Décidément, le péril rouge[2] ne s'éloignait pas. Pour qu'on fît toute cette dépense de papier, quand le papier manquait ! Il suffisait de regarder cette jeunesse pour comprendre, du reste. Et quand on a été à l'Exposition antibolchevique[3] et qu'on a vu ce que ça représente, et leurs prisons où on ne peut pas s'asseoir, et le reste. Ça n'est pas des racontars, ça, au moins.

C'est ce qu'il dit à M. Robert, quand celui-ci, soulevant sa casquette plate à visière, lui fit quelques remarques sur le temps, le couvre-feu dont tout le monde parlait, et les incidents dans ce petit bal où il y avait eu une femme, une Française, blessée en même temps que les deux Allemands tués. On disait que c'était bien fait, qu'elle n'avait pas besoin de danser avec des… M. Robert, qui était un homme d'âge, assez timide, avec sa grosse moustache grise et pas de menton, ne disait pas des quoi, mais on l'entendait. M. Picot se fâcha un peu. Par contre, M. Robert était toujours très aimable, et au bout du compte M. Picot se sentait un peu isolé dans le quartier.

« Voyons, voyons, monsieur Robert, vous avez été en Rhénanie[4], en 19, vous aussi, comme moi ! Eh bien, est-ce que nous étions mécontents, quand une jeune fille voulait bien danser avec nous, et même ?… Non, n'est-ce pas ? Alors il faut être logique…

---

1. Milice : organisation paramilitaire créée par le régime de Vichy* et chargée de traquer les juifs et les opposants.
2. Le péril rouge : la peur d'une invasion communiste.
3. Exposition antibolchevique : manifestation intitulée *L'Antéchrist : le bolchevisme contre l'Europe* se tenant à Paris de mars à juillet 1942.
4. Rhénanie : région de l'ouest de l'Allemagne, qui fut occupée par la France après la Première Guerre mondiale.

Le Collaborateur

— Bien sûr, mais aussi les... enfin les Allemands leur rasaient la tête[1], vous vous souvenez ?
— Il y a des exaltés[2] partout, monsieur Robert, ça ne prouve rien.
— Oh, ça ! ça ne prouve rien, dit l'autre, rien du tout. Je dis ça plutôt histoire de causer. Si on devait faire, nous, tout ce que les... les Allemands ont fait, on n'aurait pas fini !
— Il y a des leçons que nous pourrions tirer de leur exemple...
— Des leçons d'allemand ? Euh, euh, je dis ça pour faire drôle... »
Plaisanterie douteuse sur un sujet sérieux. M. Picot avait la tête un peu rêveuse. Le souvenir lui était revenu de ce temps de l'occupation française, quand il était au 25e chasseurs, à Godesberg. Et Wiesbaden... une belle ville, il n'y a pas à dire ! Il n'aurait pas aimé alors qu'on lui jetât des bombes, et quand il y avait un chasseur qui récoltait un coup de couteau, le commandant n'était pas content non plus.
« Il faut de la logique », affirma-t-il avec force.
M. Robert, qui n'avait pas suivi la suite de ces pensées rhénanes, leva des yeux bleus et surpris :
« Qu'est-ce qui vous fait dire ça ?
— Rien..., dit M. Picot, simplement : qu'il faut de la logique.
— Ah, vous avez bien raison ! »
Sur ce, ils se séparèrent.
Le dîner n'était pas prêt, il était bien 8 heures quand on se mit à table, et comme c'était vendredi, le dîner manquait un peu de corps. Berthe avait fait un matefaim[3], ce qu'on appelle un matefaim par ici. Où avait-elle pris les œufs ? Ses explications embarrassées n'arrivèrent pas à cacher à son mari que les œufs venaient du marché noir. Elle ne lui disait pas quand elle achetait quelque chose un peu irrégulièrement, parce que ça lui gâtait

---

1. Allusion aux femmes tondues* en signe de punition, pour les relations qu'elles ont entretenues avec l'ennemi.
2. Exaltés : personnes excessives, fanatiques.
3. Matefaim : sorte de crêpe très épaisse (de « mater », *arrêter*, et « faim »).

le plaisir, à Grégoire, de penser que c'était du marché noir. Et s'il avait fait du marché noir lui-même ? Et si tout le monde en faisait, où irions-nous ? D'ailleurs, tout le monde faisait du marché noir, les gens n'ont pas de conscience, et si nous n'avions pas les Allemands… Berthe l'interrompit :

« Oh ! ils en font bien un peu aussi, tu ne crois pas ? »

Il hésita. Dire, laisser dire que les Allemands faisaient du marché noir, c'était porter de l'eau à un certain moulin. D'autre part, M. Laval l'avait laissé entendre. Et puis, il craignait de se laisser emporter par la partialité[1]. Les Allemands ne sont pas des petits saints, après tout, ce sont des hommes, et même des hommes un peu là…

« Ils en font, dit-il, je ne dis pas le contraire, mais quand c'est eux, ça ne s'appelle pas le marché noir… »

Jacquot mangeait très mal sa petite purée.

« Allons, mon chéri, une fourchette pour bonne mame, une fourchette pour bon pape, une fourchette pour pauvre pape… Qu'est-ce que c'est ? Tu n'en veux plus, ce n'est pas gentil… »

Le moyen de lui refuser les bonbons, quand il vous entourait de ses petits bras doux et frais, et qu'il vous regardait en relevant ses longs cils cendrés dans son visage transparent, où le sang semblait si voisin sous la peau blanche, que pour un rien le petit changeait de couleur…

« Bon, va t'amuser ! »

Par la porte-fenêtre, ils le regardèrent courir dans la cour avec sa balle. Une belle petite balle de caoutchouc. Luisante avec des cercles de couleur. Il ne savait pas encore très bien s'en servir, Jacquot. Le drôle était de la jeter, peu importait comment et où, mais de la jeter. Ses éclats de rire faisaient de la lumière dans le soir tiède et calme, où une odeur de tilleul venait des jardins voisins dans cette cour, entre des maisons basses.

---

1. Partialité : préférence.

« J'ai rencontré M. Robert sur la place, dit Grégoire. Il y a quelque chose qui ne va pas chez cet homme-là, je ne sais pas quoi, mais qui ne va pas…

– Il n'a pas été aimable avec toi ? »

C'était son inquiétude, à Berthe. Généralement, M. Robert, lui, était bien poli. Le jour où M. Robert commencerait à ne plus être poli avec Grégoire, ça sentirait mauvais.

« Non, non, ce n'est pas ça. Mais ce qu'il dit n'a pas de sens…

– Il est peut-être tourné au gaullisme », soupira Mme Picot, le plus naturellement du monde. « Tu vas fumer ta cigarette sur le pas de la porte ?… Oh ! le couvre-feu : moi qui n'y pensais plus !

– Tu exagères, dit M. Picot, sans sortir dans la rue, on peut…

– Tu crois ? Je vais regarder de quoi ça a l'air. »

Plus il y pensait, et plus Grégoire trouvait ce M. Robert bizarre. La plaisanterie qu'il avait faite, à y resonger, était stupéfiante d'indécence. Un vieil imbécile. L'âge lui portait sur la cervelle.

Berthe revenait, très agitée. Non, on ne pouvait pas se mettre sur le pas de la porte. Tout était fermé, elle avait regardé par la fenêtre du premier étage. Personne en vue, sauf que sur la place, en se penchant, elle avait aperçu des Allemands.

« Comment, des Allemands ? ici, sur la place ?

– Oui, bien une vingtaine. Ils font un barrage au bout de la rue, et ils ont des fusils… Il y a des voitures, à côté de la colonne…

– Ici, sur la place ? »

M. Picot n'en revenait pas. Et quand il y réfléchissait, il se trouvait absurde. Puisqu'il y avait des Allemands dans le pays et dans la ville même, pourquoi n'y en aurait-il pas eu sur la place, à côté de chez eux, leur place ? pas l'ombre de raison. Ils étaient là pour faire respecter le couvre-feu, c'était clair. M. Picot repensa à ces jeunes gens tout à l'heure, qui flânaient[1] sur cette même place.

« Ça ne prouve rien », dit-il à voix haute.

---

1. Flânaient : se promenaient.

Mais cependant ça lui était désagréable. À Berthe aussi, du reste, alors cela développa, chez lui, l'esprit de contradiction, et il trouva tous les arguments nécessaires pour démontrer que la présence de ces soldats était explicable, naturelle, normale, souhaitable, et après tout rassurante.

« On est gardé comme ça, tu comprends. Dans ces périodes d'attentats... avec tous ces excités... »

Et, à la réflexion :

« Eh bien, j'irai fumer dans la cour, avec Jacquot... »

Jacquot avait inventé de pousser la balle avec son pied. C'était une découverte, faite dans cet enthousiasme qui accompagne toujours la création du génie humain. Il la lançait à droite, à gauche, au fond... Un instant, il s'arrêta pour donner tous ses soins à une petite carriole[1] de bois vert et jaune dans laquelle une dizaine de cailloux étaient entassés, et il s'y attelait au bout d'une ficelle en faisant : Chchch, chchch... comme si cela avait été un train, et lui, Jacquot, la locomotive...

La grand-mère le regardait avec des yeux qui n'en pouvaient plus. Au vrai, c'était un enfant adorable.

« Quand j'étais au 25e chasseurs, à Godesberg... », commençait à raconter M. Picot, qui après chaque bouffée de sa cigarette la regardait comme s'il l'avait vue pour la première fois.

Le petit s'était fatigué de son chariot. Il avait repris sa balle et la lançait à la main. Cela se fit très vite. Elle était partie sous la voûte, et avait glissé sous le vantail qui ne touchait pas terre. Jacquot y courut, et sur la pointe des pieds atteignit le loquet[2] de fonte. D'une façon presque incompréhensible, tant cela avait l'air lourd, et c'était silencieux, le vantail s'ouvrit, le petit pendu après. Le grand-père l'avait vu, et sans réfléchir bien exactement, il se jeta dans la direction de la porte.

---

1. **Carriole** : voiture (familier).
2. **Loquet** : serrure.

Pas assez vite. Jacquot était sorti et ramassait sa balle dans la rue, en pleine chaussée.

Assez vite pourtant pour voir, au coin de la place ronde, le soldat allemand, énorme, athlétique, qui visait soigneusement l'enfant et, d'un coup de feu, correctement, fit mouche[1].

---

1. **Fit mouche** : le toucha.

Arrêt sur lecture 1

Un quiz pour commencer

Cochez les bonnes réponses.

1 *Quel type de commerce Grégoire Picot tient-il ?*
- ❏ Une mercerie.
- ❏ Un atelier qui répare des postes de radio.
- ❏ Un magasin de fourrure.

2 *Comment se prénomme sa femme ?*
- ❏ Berthe.
- ❏ Geneviève.
- ❏ Jacqueline.

3 *Qu'est-il arrivé à leur fils, Pierre ?*
- ❏ Il a été tué par un soldat allemand.
- ❏ Il a été écrasé par une voiture.
- ❏ Il s'est suicidé.

4 *Quelle est la position de Grégoire Picot à l'égard de la collaboration ?*
- ❏ Il est favorable à la collaboration.
- ❏ Il soutient le régime de Vichy mais s'oppose à la collaboration.
- ❏ Il fait partie d'un groupe de résistants.

5 *Quelle expression Grégoire Picot répète-t-il tout au long du récit ?*
- ❏ « Il faut être logique ! »
- ❏ « Grand Dieu ! »
- ❏ « C'est toujours ça que les Boches n'auront pas ! »

6 *Comment se prénomme le petit-fils des Picot ?*
- ❏ Pierre, dit Pierrot.
- ❏ Jacques, dit Jacquot.
- ❏ Jean, dit Jeannot.

7 *Qu'est devenue la mère de l'enfant ?*
- ❏ Elle a été déportée dans un camp de concentration.
- ❏ Elle s'est exilée en zone non-occupée.
- ❏ Elle a abandonné son fils et on ne sait pas ce qu'elle est devenue.

8 *Que fait l'enfant pour s'occuper pendant que son grand-père travaille ?*
- ❏ Il l'aide à réparer des radios.
- ❏ Il colle du scotch partout dans l'atelier.
- ❏ Il mange des bonbons.

Arrêt sur lecture 1

Des questions pour aller plus loin

→ *Découvrir les caractéristiques d'une nouvelle historique*

Un cadre défini et une action resserrée

1 Relevez les informations dont vous disposez sur le cadre spatio-temporel de la nouvelle. Ces informations sont-elles précises et détaillées ?

2 Dans quel lieu unique se déroule l'action de la nouvelle ? Comment appelle-t-on ce procédé ? Dites quel est l'effet produit sur le lecteur.

3 Recopiez et complétez l'arbre généalogique suivant pour mettre en évidence les liens qui unissent les principaux personnages de la nouvelle. Quelle remarque pouvez-vous faire ?

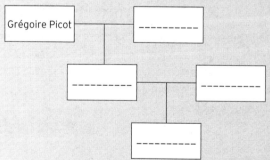

4 Relevez les noms et les professions des différents personnages qui évoluent autour de M. et Mme Picot. Que pouvez-vous en déduire du milieu social représenté dans la nouvelle ?

Un personnage ambigu

5 Quelles sont les différentes passions de Grégoire Picot ? Appuyez-vous sur un relevé précis du texte.

6 (Langue) Relevez quelques passages au discours indirect libre, qui permet au narrateur de donner accès aux pensées du personnage principal. Quel est l'effet produit sur le lecteur ?

7 Selon vous, Grégoire Picot est-il présenté comme un personnage franchement mauvais, ou a-t-il des qualités qui adoucissent le portrait qui en est fait ?

Un récit politique

8 Au début de la nouvelle, Mme Picot partage-t-elle les mêmes opinions politiques que son mari ? Quel événement vient bouleverser sa manière de penser ?

9 Pourquoi Grégoire Picot accuse-t-il sa femme, qui soutient le régime de Vichy mais pas la collaboration, de ne pas être « logique », selon l'expression qu'il emploie à plusieurs reprises dans le récit ?

10 Rendez-vous sur le site **https://www.reseau-canope.fr/poetes-en-resistance/poetes/louis-aragon/** pour en savoir plus sur Louis Aragon et la Résistance. En quoi le choix de faire d'un collaborateur le personnage principal de cette nouvelle est-il étonnant de la part de l'auteur ?

Zoom sur une chute surprenante (p. 30-31, l. 595-620)

11 Qu'arrive-t-il au petit-fils de M. et Mme Picot à la fin de la nouvelle ? À quoi cela fait-il écho ?

12 Quelles sont les différentes étapes qui annoncent la chute ? Pour répondre, recopiez et complétez le tableau de la page suivante.

Actions et descriptions	Réflexions de M. Picot ou d'autres personnages

13 (Langue) Montrez que l'action se précipite soudainement en observant les temps verbaux employés dans les trois derniers paragraphes et en précisant leur valeur. Quel est l'effet provoqué par le dernier verbe, qui clôt la nouvelle ?

14 En quoi peut-on dire que la « logique » du personnage principal se retourne contre lui à la fin du récit ?

✔ Rappelez-vous !

• La nouvelle est un **récit bref**, qui se caractérise par un **cadre spatio-temporel défini** et une **action resserrée** autour d'un événement précis et d'un **nombre de personnages restreint**. **La fin, appelée « chute »**, ménage souvent un **effet de surprise** pour le lecteur.

• Louis Aragon situe l'action du récit pendant la **Seconde Guerre mondiale**, sous **l'Occupation**. Le recueil dont est extraite la nouvelle est d'ailleurs paru en 1945.

La nouvelle comporte donc une **dimension historique**, qui permet à l'auteur de témoigner de son **engagement politique**, au côté des résistants.

De la lecture à l'expression orale et écrite

💬✏️ Des mots pour mieux s'exprimer

1 a. *Trouvez l'intrus qui s'est glissé dans chacune des listes suivantes. Vous pouvez vous aider d'un dictionnaire.*

A. Collaborer | Coopérer | S'opposer | Se rallier
B. Approuver | Blâmer | Critiquer | Railler
C. Adhérer | Désapprouver | Partager | Soutenir

b. *Dites à quels champs lexicaux appartiennent les mots de chacune des listes.*

2 *Recopiez et complétez le tableau suivant avec des mots de la même famille.*

Verbe	Nom	Adjectif
S'offenser		
	La contestation	
		Révolté
S'indigner		
	L'insurrection	

🎤 La parole est à vous

3 🎧 *Dans la nouvelle, Grégoire Picot semble souvent absorbé par ses pensées ou suivre la logique de son raisonnement. Lisez à voix haute son monologue intérieur pages 14 à 16, lignes 149 à 188.*

Consignes. Pour préparer au mieux votre lecture, utilisez des surligneurs de couleurs différentes afin d'identifier les passages à mettre en valeur. Enregistrez-vous sur votre smartphone pour écouter et améliorer votre performance avant de la présenter à vos camarades.

4 *Mettez en scène un extrait de la nouvelle, qui présente toutes les caractéristiques d'une courte pièce de théâtre.*

Consignes. Choisissez un passage de dialogue entre les trois personnages principaux, Grégoire, Berthe et Jacques Picot. Transposez-le de manière à en faire une scène de théâtre en transformant les passages narratifs en didascalies. Répartissez-vous les rôles et apprenez votre texte par cœur avant de le jouer devant vos camarades.

✍ À vous d'écrire

5 *M. Robert, choqué par les réflexions de M. Picot, rentre rapidement chez lui et partage avec sa femme son opinion sur ce voisin collaborateur. Racontez cette scène.*

Consignes. Votre texte, d'une vingtaine de lignes, comportera des passages dialogués et des passages narratifs. Vous devrez respecter les contraintes de narration imposées par la nouvelle (cadre spatio-temporel, caractère des personnages, niveau de langue…).

6 *Racontez l'arrestation des Lepage par la Gestapo, passée sous silence par le narrateur.*

Consignes. Relisez le passage page 22, où Mme Picot fait part de la nouvelle à son époux. Rédigez ensuite votre texte, qui fera une vingtaine de lignes et qui devra comporter des passages descriptifs. Vos personnages devront avoir les mêmes caractéristiques que dans la nouvelle.

Du texte à l'image

- André Zucca, *L'armée allemande sur les Champs-Élysées à Paris*, photographie, v. 1940-1944.
- André Zucca, *Affiches de propagande boulevard des Italiens à Paris*, photographie, v. 1940-1944.
- Anonyme, *Le général de Gaulle à la BBC*, photographie, 1941.

➡ Images reproduites en début et en fin d'ouvrage, au verso de la couverture.

👁 Lire l'image

1 Comment les soldats allemands sont-ils représentés sur la photographie d'André Zucca ?

2 Analysez les slogans et les différentes images proposées sur les affiches de propagande photographiées. Quelles valeurs mettent-elles en avant ?

📄 Comparer le texte et l'image

3 À partir de vos réponses aux questions précédentes, relevez les éléments qui pourraient expliquer le soutien de Grégoire Picot à l'occupant allemand.

4 À quel moment du récit la photographie des affiches de propagande pourrait-elle correspondre ?

5 À quelles allusions de Grégoire Picot la photographie du général de Gaulle renvoie-t-elle ?

À *vous de créer*

6 Rendez-vous sur Internet à l'adresse suivante :
http://www.lemonde.fr/le-monde-2/portfolio/2008/03/14/le-monde-2-paris-sous-l-occupation-d-andre-zucca_1022129_1004868.html
Choisissez l'une des photographies de Paris sous l'Occupation prises par André Zucca. Présentez-la à la classe, à l'aide d'un logiciel de présentation type PowerPoint, en justifiant votre choix.

Les Rencontres

Sa sœur était sténo[1] de presse au journal : une fille courageuse et dévouée, cette Yvonne ; presque jolie malgré ce petit nez en l'air. Elle avait de grands yeux bleus. Je lui aurais bien fait la cour, mais elle était sérieuse et moi… le mariage… C'est au Vél' d'Hiv'[2] que je les ai rencontrés ensemble, la première fois. Bien que je ne sois pas du tout un sportif, on avait la rage de m'envoyer, en plus du type des sports, aux grands trucs, football, courses, etc., pour l'atmosphère. Vous me ferez un chapeau[3] de vingt-cinq lignes, Julep…

Ce que ce nom m'agace. Je m'appelle Pierre Vandermeulen, je n'avais signé Julep que par plaisanterie, d'abord, rien que les petits machins idiots qu'on me faisait faire à droite et à gauche, réservant mon vrai nom pour les textes sérieux, bien écrits…

---

1. Sténo : abréviation pour « sténodactylographe », employée de bureau qui écrivait rapidement sous la dictée et tapait ensuite ses notes.
2. Vél' d'Hiv' : Vélodrome d'Hiver, enceinte construite à Paris pour y organiser de grandes manifestations sportives, notamment cyclistes. Pendant la Seconde Guerre mondiale, ce lieu est réquisitionné par les autorités du régime de Vichy* pour devenir un centre de tri des juifs et des opposants, avant de les envoyer en camp de concentration et d'extermination. La rafle* du Vél' d'Hiv' des 16 et 17 juillet 1942 constitue ainsi la plus grande arrestation massive de juifs en France.
3. Chapeau : terme journalistique, qui désigne un petit texte, placé avant un article plus long.

Ce sont les idioties qui ont eu du succès, et Julep qui est devenu célèbre, et peu à peu Pierre Vandermeulen s'efface devant Julep... Ce que c'est que la vie...

Donc c'était au Vél' d'Hiv' il y a peut-être dix ans. Un soir des Six Jours[1], dans la lumière mauve et brutale, les coureurs tournaient, tournaient... J'avais passé une heure en bas, entre les haut-parleurs, le buffet, les gens chic insultés de la frise par la masse des vrais amateurs et puis j'étais grimpé au populaire[2], comble ce soir-là. D'une des travées, j'avais vu en dessous, vers les premiers rangs, ce jeune possédé qui scandait la course à grands coups de poing contre l'air, qui criait, se penchait vers sa voisine... Juste ce qu'il me fallait pour l'atmosphère, précisément. Je m'étais approché pour l'observer quand sa voisine m'interpella : « Monsieur Julep ? » La gloire, quoi. Non, enfin, ce n'était qu'Yvonne, et le forcené[3] à côté d'elle son frère, Émile Dorin, un métallo[4], avec le même nez en l'air qu'elle, mais pas ses beaux yeux, des cheveux châtains qui faisaient de grandes mèches plates, et pour l'instant des perles de sueur au front. Une bonne gueule. Il me présenta sa femme, Rosette, une petite brune, avec la peau un peu laiteuse et des taches de rousseur, des yeux clairs, elle aurait été bien jolie si elle s'était arrangée...

Quant à Émile, il était repris par la course. Il s'y débrouillait comme un poisson dans l'eau. Moi je n'y ai jamais rien pigé, à tout ce mélange de sprints, de primes, de réclames[5] pour les cachous Lajaunie, les bas de soie Etam, le vin de Frileuse, et les cris des annonceurs, et les maillots bariolés, les grands chiffres affichés au tableau noir... Il était de ceux qui jettent de rage ou d'enthousiasme leur casquette sur la piste quand ce ne sont pas

---

1. Six Jours : course cycliste annuelle, très populaire, se déroulant durant six jours à Paris.
2. Populaire : gradins du haut, réservés à un public moins riche.
3. Forcené : ici, personne qui agit de manière excessive, voire violente.
4. Métallo : métallurgiste, ouvrier qui travaille le métal.
5. Réclames : publicités.

leurs clefs (on se demande comment ils font pour rentrer chez eux, après, ceux-là).

Et puis, ça a été comme un fait exprès : je le rencontrais partout, Émile. Une fois dans le métro, une autre fois porte Maillot à un départ du Tour de France, est-ce que je sais ? Parce que, pour un mordu du vélo, c'était un mordu du vélo. Partout où ça pédalait, on pouvait être assuré de le voir s'amener, et jamais lassé du spectacle. Il me reconnaissait : « Salut, monsieur Julep. » Je lui avais bien dit de m'appeler Vandermeulen, mais rien n'y faisait.

Alors, on causait... Il travaillait chez Caudron, en ce temps-là. Monteur-ajusteur. Il gagnait bien sa vie. C'est-à-dire qu'il appelait ça bien gagner sa vie. Un excellent ouvrier. Pour l'énergie, il n'avait pas son pareil : à la sortie du boulot, il enfourchait sa bécane[1] et il filait à l'autre bout de Paris, dans la zone des Lilas, où, par je ne sais quelle combinaison, il avait un de ces petits jardins à vous fendre l'âme où il cultivait des légumes, des fleurs et des boules de verre pour éloigner les oiseaux. Il prétendait que ça le reposait de bêcher. Le dimanche, alors, il était tout à la Petite Reine[2] : il filait avec madame, à des soixante, soixante-dix kilomètres de Paris, sous le prétexte de pique-niquer, ou de retrouver une guinguette[3] où ils avaient cassé la croûte avant d'être en ménage.

Mme Dorin était enceinte quand Yvonne eut l'idée de me mener un soir chez son frère. Il me fallait à tout prix interviewer l'homme de la rue pour je ne sais plus quoi, pour un hebdomadaire illustré, et j'avais eu des réponses si idiotes des trois ou quatre lascars[4] honnêtement interpellés rue Picpus, boulevard des Italiens ou place Maubert, que je désespérais. Bon. Yvonne, le photographe, un nommé Protopopoff, je me souviens, un fils de général, bien

---

1. **Bécane** : vélo (familier).
2. **La Petite Reine** : périphrase qui désigne le vélo.
3. **Guinguette** : restaurant populaire situé sur les bords de Marne.
4. **Lascars** : gaillards (familier).

entendu, et moi, on s'amène tous les trois en chœur avec l'appareil, le magnésium[1], à Boulogne-Billancourt, dans le petit logement. Il y avait là Émile, Rosette déjà bien ronde, une sœur à elle et son mari, un grand blond, approchant la trentaine, qui était chez Renault comme sa femme, d'ailleurs, une sorte de forgeron de ch'Nord[2], avec un cuir, plutôt taciturne[3]. Ça, Émile a été parfait. Je ne me souviens pas de quoi il s'agissait, ni de ce qu'il m'a répondu, mais parfait. On a pris un verre. Je me suis engueulé avec le beau-frère, en passant, parce que c'était évidemment un communiste[4], et qu'on s'est accroché sur deux ou trois choses, bien entendu. Émile me confia qu'il achetait à tempérament[5] un tandem[6], pour sa femme et lui, quand l'enfant serait né.

C'est en tandem que je les ai revus, au printemps suivant, du côté de Champagne-sur-Seine, par un soleil de plomb. «Ah! Monsieur Julep!» Émile m'a expliqué les caractéristiques de son nouveau cheval-deux-places, et les changements de vitesse et ci et ça... Je lui ai poliment demandé des nouvelles du beau-frère; on était dans une période agitée, après février 1934. Mais Émile évita de parler politique, il était bien trop occupé de son tandem.

Je l'ai encore rencontré à Montlhéry, pour des courses derrière moto. Mais ça, il trouvait que c'était du chiqué. Pas sérieux. Il aurait voulu suivre Paris-Nice, pas moyen avec le travail à l'usine, ça devait être en 35. Puis encore sur les routes, sur son tandem maintenant le couple véhiculait leur mioche, un garçon qui ressemblait à Émile que c'était un beurre, dans un petit panier ficelé au guidon.

---

1. Magnésium: à l'époque, on utilise encore du magnésium, que l'on faisait brûler, pour les flashs photographiques.
2. Ch'Nord: du nord de la France.
3. Taciturne: silencieux, renfermé.
4. Communiste: partisan du communisme* ou membre du Parti communiste, qui vise à créer une société sans classe sociale ni propriété privée.
5. À tempérament: à crédit.
6. Tandem: vélo à deux selles, pour deux personnes.

Puis il y a eu un deuxième gosse, une fille, c'était en 36, au moment des grèves[1]. J'avais aperçu Émile à une de ces incroyables séances-concerts en pleine usine occupée, où les vedettes venaient chanter pour les grévistes. Il avait l'air de s'amuser sans malice. « Comment, Émile, vous voilà en grève, maintenant ? – Oh ! bien, monsieur Julep, on fait comme tout le monde. On ne peut pas trahir les copains. »

Ça devait être l'influence du beau-frère.

Je l'ai encore rencontré au Vél' d'Hiv'. Je suis tombé dessus au Salon de l'auto. Je l'ai aperçu de loin à Clichy pour un Paris-Roubaix quelconque, et on s'est fait des signes. Puis c'est au circuit organisé par mon canard[2], on m'avait bombardé commissaire et au départ je me démenais avec un brassard tricolore et un tas d'insignes au revers, que je me suis entendu héler : « Eh ! Monsieur Julep ! »

Émile et sa femme, tous les deux toujours les mêmes, Rosette un peu fatiguée. Ils avaient décidé d'adopter un enfant espagnol[3], était-ce qu'on allait avoir le droit d'en avoir à Paris... « Qu'est-ce que vous allez vous mettre un enfant étranger sur les bras, vous n'êtes pas dingo ? » Elle sourit et dit : « Quand il y a pour deux il y a pour trois... » Cette fois, ça devait bien être le beau-frère qui leur avait mis ça dans la tête. Qu'est-ce qu'il devenait, celui-là ? « Ça fait un bout de temps qu'on ne l'a pas vu... – Tiens, tiens, brouillés ? – Oh ! non, il est en Espagne... il se bat contre Hitler... » Il prononçait *il est h-en Espagne* sans faire la liaison, tout juste comme M. de Montherlant[4] que j'avais interviewé la veille, sur les demoiselles qui le poursuivent de leurs assiduités[5],

---

1. Allusion à un important mouvement de grèves qui paralysa la France au lendemain de l'élection du Front populaire, en mai et juin 1936.
2. Canard : journal (familier).
3. Il s'agit sans doute d'un orphelin, dont les parents sont morts durant la guerre civile espagnole, qui oppose le dictateur Franco aux républicains (voir note 1, p. 46).
4. Henry de Montherlant (1895-1972) : romancier, dramaturge, membre de l'Académie française, et ami de jeunesse de Louis Aragon.
5. Le poursuivent de leurs assiduités : cherchent avec empressement à le séduire.

disait aristocratiquement: «Comment h-allez-vous?» D'ailleurs, on n'a pas autorisé les Parisiens à prendre des petits Espagnols. J'en ai reparlé à Émile, par la suite, dans l'autobus de Vincennes. Il a hoché la tête: «On l'aurait bien fait... Ils se sont fait crever pour nous[1]... » La propagande[2] prend sur ces gens-là.

J'avais été encore une fois, à bout d'idées, refaire le film de l'homme de la rue au moment de Munich[3], et naturellement, j'ai pensé à Émile. Mais, cette fois, on m'a coupé Émile, ce qu'il m'avait dit était imbuvable, il faut l'avouer. Et encore, j'avais adouci... Aussi n'ai-je guère repensé à lui jusqu'à la mobilisation[4]. Mais là, dans un bled[5] perdu, du côté de Metz, en soutien de la ligne Maginot[6], j'étais lieutenant dans un régiment d'infanterie, un jour à la popote[7] la radio jouait, Chevalier s'est mis à chanter *Mimile*. Et moi, on est bien bête, je ne pouvais pas m'empêcher de revoir la bonne gueule d'Émile, ses cheveux raides, son nez en l'air. Où était-il, Émile, à cette heure? Et le beau-frère, le communiste? Il devait se trouver dans de beaux draps, retour d'Espagne, celui-là... Les occasions de se rencontrer se faisaient rares. Plus de courses cyclistes, plus d'homme de la rue à interviewer sur le voyage du roi d'Angleterre ou la vogue du *black-bottom*[8].

Pourtant, je devais le revoir en pleine guerre, Émile, en pleine bagarre. Dans le cœur de cette dégueulasserie. Après que nous

---

1. Allusion à la guerre civile espagnole, de 1936 à 1939, durant laquelle les républicains combattent le régime dictatorial instauré par le général Franco (1892-1975), qui perdurera jusqu'à sa mort.
2. Propagande: ensemble des méthodes de communication utilisées pour faire accepter certaines idées ou doctrines à toute une population.
3. Le narrateur, plutôt favorable aux accords de Munich*, est à court d'idées pour ses articles; il retourne donc interviewer des gens dans la rue pour recueillir leur avis.
4. Mobilisation: appel des soldats pour partir en guerre.
5. Bled: village retiré et sans intérêt (familier), synonyme de «patelin» (p. 47, l. 149).
6. Ligne Maginot: fortification militaire construite en 1929 afin de protéger la France d'une invasion allemande.
7. Popote: lieu où l'on prend ses repas ensemble (argot militaire).
8. *Black-bottom*: danse américaine à la mode à l'époque.

avions tenu sur l'Aisne et sur l'Oise, partout lâché pied, la rage au ventre, par ordre. Ça devait être le 12 ou le 13 juin. Je reverrai toujours ça. Un patelin de Normandie, dans l'Eure. Avec un château Louis XIV à pièce d'eau, arbres taillés en avenues noires et silencieuses, de grandes statues mythologiques aux pilastres[1] de l'entrée. Une place sillonnée de convois incessants vers l'arrière, les tristes inscriptions sur la porte de l'église : *Georgette Durand a passé ici… Pour maman, on s'en va sur Angers…*, et nous là-dedans mêlés avec des dragons[2] et leurs chars, les blessés qu'on rapporte, les Boches[3] devaient être à un kilomètre, quinze cents mètres au mieux sur la route d'Évreux. Combien de temps tiendrait-on ? Dans une rue en face du couvent, l'école des sœurs était occupée par les toubibs, l'infirmerie, et nous devions déjeuner avec eux, parce que la popote… eh bien ! il n'y avait plus de popote. Il faisait chaud, lourd, un ciel de plomb, retrouvant brusquement par grandes éclaircies ses couleurs de juin, pour repiquer tout de suite une mine sombre. Sous les petits arbres de la cour, une longue table de bois. On mangeait tous ensemble, les médecins, quelques officiers et dans un coin des sous-offs, de simples infirmiers et ceux des blessés, sans distinction de grade, qui pouvaient s'asseoir, et qui attendaient que l'auto-ambulance vînt les chercher. Une petite sœur en laine blanche, avec sa cornette[4] disproportionnée, virevoltait au milieu de nous, apportant des assiettes, aidant les cuistots, avec toutes sortes de saluts aux officiers, sa robe qu'elle ramenait à deux mains pour sauter par-dessus des armes jetées en tas dans un coin de façon inattendue.

L'artillerie allemande tirait par-dessus nous. Ils devaient bombarder la route, à la sortie.

---

1. Pilastres : colonnes carrées situées sur un mur.
2. Dragons : à l'origine, soldats qui se déplacent à cheval et combattent à pied ; plus tard, les chevaux ont été remplacés par les chars.
3. Boches : Allemands (péjoratif).
4. Cornette : coiffe caractéristique de certaines religieuses.

Là, il y avait un soldat, ce devait être un soldat? le torse nu, le bras gauche et l'épaule pris dans un plâtre de fortune, avec une écharpe de gaze, pas rasé de trois jours. Quand il me dit: «Monsieur Julep», j'eus un drôle de sursaut. J'étais le lieutenant Vandermeulen maintenant; qui pouvait bien? «Vous ne me reconnaissez pas?... Dorin, le frère d'Yvonne...» C'était Émile, ah! par exemple. Il me raconta qu'il était dans un groupe franc de la division de cavalerie; après Dunkerque, on ne leur avait pas rendu assez de chars parce que d'abord il conduisait un Hotchkiss[1]... «Ça ne vaut pas la Petite Reine, hein, Émile?» Il sourit assez pâlement. Ça devait lui faire mal, son épaule. De temps à autre, il y portait machinalement sa main droite, touchant le plâtre. Enfin, il venait des abords de Rambouillet. Ils avaient défendu Rambouillet, le groupe franc, avec des mitrailleuses, la route... après le départ de l'armée... «Ça faisait drôle... Rambouillet... On pédalait par là souvent, nous deux Rosette...» Il ne savait pas ce qu'il était advenu de Rosette et des enfants, peut-être bien qu'ils étaient toujours à Paname[2], avec les Boches qui arrivaient... ou pis, qu'ils étaient partis sur les routes comme... Un obus péta, pas très loin. Je n'écoutai pas la suite, le médecin-capitaine m'appelait. Il y avait une conversation générale. Des bruits couraient. Les Américains allaient se mettre de la partie, les Russes avaient attaqué les Boches, et puis à Paris il y avait le communisme... On répétait tout ça sans rien y croire et on se regardait les uns les autres pour voir ce que les autres en pensaient. C'était le premier jour où nous avions comme ça sur nous la lumière de la défaite. On avait du bon vin ramassé dans une cave, on n'allait pas le laisser aux Fritz[3] qui ne savent pas boire. «Qu'est-ce que vous voulez que les ouvriers y comprennent à Paris? dit le médecin-capitaine,

---

1. Hotchkiss: véhicule de guerre du nom d'un constructeur français.
2. Paname: Paris (argotique).
3. Fritz: Allemands (péjoratif).

un gros assez jeune avec une moustache en brosse. Imaginez que Thorez[1] arrive avec l'armée allemande... »

C'est à ce moment qu'Émile éleva la voix. Pas très fort. Avec une espèce de réserve. Mais avec décision.

« Quand j'étais à l'entrée de Rambouillet, dit-il, là, vous savez, devant le château du président, monsieur Julep... nous avions les mitrailleuses et nos flingues braqués sur la route... Les Boches n'arrivaient pas encore... mais il y avait des Parisiens qui rappliquaient sans arrêt... avec des choses pas croyables, des vieux..., et puis il y eut des groupes d'ouvriers, une usine d'un coup... ça se reconnaissait... Ils nous parlaient au passage. Ceux de chez Salmson... et puis Citron... et là, qui est-ce que je vois? Mon beau-frère et ma belle-sœur, songez donc... Ah! pour un coup... Alors ils nous ont raconté... À l'usine, et chez Renault pareil, quand ils ont su que les Boches allaient entrer dans Paris, ils voulaient tout briser, les machines, brûler les bicoques... Ah! ouitche... On leur a envoyé les gardes mobiles, qui ont menacé de tirer sur eux... Ils n'y comprenaient plus rien, vous pouvez dire... Préserver les machines pour les Boches, vous imaginez? On ne comprend plus rien à rien... »

Comme tous, je me retournai pour regarder Émile: il avait de grosses larmes dans les yeux.

Cette fois, quand l'auto-ambulance l'a emporté, je me demandais si je le reverrais jamais. Et puis c'est Yvonne que j'ai retrouvée, avec ses beaux yeux bleus, sténo dans un journal replié à Marseille. Il avait coulé de l'eau sous les ponts. Par la fenêtre, on entendait des gosses qui chantaient: « Maréchal... nous voilà! »[2], il y avait des jeunes gens importants habillés dans des genres d'uniformes qui paradaient sur le trottoir. La zone libre[3] était en pleine illusion.

---

1. Maurice Thorez (1900-1964): secrétaire général du Parti Communiste français*.
2. « Maréchal... nous voilà! »: chanson française de 1941, à la gloire du maréchal Pétain*.
3. Zone libre: zone au sud de la France, définie par l'armistice* de 1940, non-occupée par l'armée allemande jusqu'au 11 novembre 1942.

« Émile ? me dit-elle. Il est rentré à Paris, puis il a dû filer. Il y avait du sabotage à l'usine… – Oh ! ça, m'écriais-je, je suis bien sûr qu'Émile n'est pas un saboteur ! » Il me parut qu'Yvonne me regardait drôlement de ses yeux bleus. Une sensation comme ça. Elle ressemblait de plus en plus à son frère. Je me demande pourquoi elle ne s'est jamais mariée.

Vers la Noël, je suis remonté à Lyon. Le patron multipliait les éditions du canard. C'est sur le quai de Perrache, un soir, comme je prenais le train pour la Camargue où on m'envoyait enquêter sur le retour à la terre, qu'un type pressé me heurta et dit : « Pourriez pas faire attention ? Tiens… Monsieur Julep. » Encore mon Émile. Son épaule et son bras ? Tout à fait remis. Les gosses chez les grands-parents… « Et Rosette ? – Oh ! elle travaille… » Comment ? Elle avait laissé ses enfants ? « Bien, vous qui vouliez adopter un petit Espagnol. » Le même regard bizarre qu'avait eu Yvonne : « Dans des moments comme ceux-ci, dit Émile, on n'a pas le temps de s'occuper de ses mioches à soi… » Il ne s'expliquait pas trop sur ce qu'il faisait. Je lui demandai des nouvelles du beau-frère. Il me répondit d'une façon évasive. Son train partait.

On peut dire que c'est dans l'été 41 que les idées des gens changèrent. Pourquoi, je ne sais pas. Les Allemands étaient devant Moscou, mais ils ne l'avaient pas pris. Dans les trains, les langues commençaient à se délier. Tout le monde ne pensait pas comme on le croyait. Quelque part, du côté de Tarbes, dans un de ces couloirs bondés, entre des valises et des gens qui vont tout le temps aux cabinets, il se disait des choses à faire frémir et rire à la fois. Ce fut à la voix d'Émile que je le reconnus. « Attendez un peu, disait-il, vous verrez ce qu'ils vont leur mettre. » Quelle flamme il avait dans les yeux. Je retrouvais mon Émile du Vél' d'Hiv', l'Émile qui jetait sa casquette aux coureurs, mais il ne parlait plus de vélo, maintenant, il parlait des Russes. « Vous ne m'avez pas dit, l'autre fois, ce qu'il était devenu, votre beau-frère ? » Soudain, il passa une espèce de brume sur son visage, Émile releva d'un coup de main ses mèches raides retombées sur son front. Il se pencha vers moi. Je me mépris à son expression : « Vous êtes fâchés ensemble ? » Il haussa les épaules. « Les Boches…, dit-il à mi-voix. Quand ils l'ont eu abattu avec leurs mitraillettes… ils ont marché dessus… Ils lui ont écrasé la figure à coups de talon… Défoncé le crâne… » Je m'y attendais si peu. Le beau-frère. Le communiste. « Qu'est-ce qu'il avait fait ? » dis-je bêtement. Il haussa les épaules. Ce n'était guère un endroit pour parler de ça… Enfin, dans l'usine où il avait repris du travail par ordre de son parti, les ouvriers s'étaient mis en grève… Dans la cour, on avait voulu en fusiller dix, les autres s'étaient jetés contre les Boches pour les leur arracher… Oui, comme ça, sans armes… le beau-frère en tête… Alors ils l'ont piétiné…

Quand Émile disait *piétiné*, il me semblait voir la scène, il y avait dans sa voix assourdie une danse sauvage de soudards verts[1], un déchaînement de brutes casquées… Je voulus dire quelque chose : « C'est terrible… aussi est-ce raisonnable de faire grève ? » Émile d'abord ne répondit pas. Puis il me regarda bien : « Monsieur Julep, dit-il, on est pas des Boches… Raisonnable ? S'agit pas d'être raisonnable… Faut chasser les Boches… Vous vous souvenez de 36 ? Alors, vous m'avez demandé pourquoi je faisais grève… Eh bien ! aujourd'hui non plus on ne peut pas trahir les copains… Et quand un tombe, il faut qu'il y en ait dix autres qui se lèvent. » C'était un énorme *feldwebel*[2] qui passait entre nous, sentant cette odeur particulière de la soldatesque allemande, avec un de ces visages sans expression dont ils ont le secret. « Ils sont bien habillés », dit Émile, et il parla d'autre chose.

Je ne l'ai pas revu de tout 1942. Les choses prenaient un drôle de tour. On ne rencontrait plus de gens pour défendre Vichy[3]. Le métier était devenu impossible. Les journaux se faisaient avec

---

1. Soudards verts : soldats allemands grossiers et brutaux (péjoratif) ; le vert est la couleur de l'uniforme des soldats allemands.
2. Feldwebel : grade de l'armée allemande correspondant à celui d'adjudant.
3. Vichy : régime de Vichy*, dirigé par le maréchal Pétain*, qui collabore avec l'Allemagne nazie.

le pot de colle, et les communiqués de l'O.F.I[1]. On essayait bien de temps en temps de glisser un mot par-ci par-là, mais qu'est-ce qu'il pouvait y avoir comme vaches[2] à la censure[3]. Heureusement que c'étaient souvent des zigotos[4] d'intelligence moyenne. Avec novembre, l'entrée des Américains à Alger, l'occupation de la zone Sud par les Allemands[5], ceux qui avaient encore des doutes devaient être bouchés à l'émeri[6]. Le canard se saborda. Le patron a été très chic, il nous a payés quelque temps comme si de rien n'était. Au fond, pour la première fois de ma vie, je pouvais voir venir. On m'avait fait des ouvertures de plusieurs côtés, de la part de la Résistance. Je me tâtais encore... Il y eut cette nuit où Hitler, en détruisant l'armée, porta le coup mortel à Vichy[7]...

Finalement, j'acceptai de faire des papiers-magazines qu'on me prenait encore dans les journaux où il y avait des camarades. Évidemment, ce n'était pas drôle de voir ce qui s'écrivait à côté. Mais je ne traînais là-dedans ni le nom de Vandermeulen, ni la signature de Julep. Avec le prix de la vie[8]. Sans manger tout à fait au marché noir[9]... mais dès qu'on prend un supplément dans les restaurants, les prix que ça cherche. Et puisque je ne faisais moi-même ni des salades sur la relève, ni des salamalecs[10] aux doryphores[11]...

---

1. O.F.I: Office français d'information, qui diffusait les nouvelles, soumis au contrôle et à la censure du régime de Vichy*.
2. Vaches: peaux de vache, personnes d'une sévérité excessive (familier).
3. Censure: contrôle exercé par l'État sur la presse.
4. Zigotos: personnes que l'on ne prend pas au sérieux (familier et péjoratif).
5. Voir note 3, p. 49.
6. Bouchés à l'émeri: sourds à toute explication, ou bêtes au point de ne rien comprendre (sens figuré).
7. Allusion au sabordage de la flotte française à Toulon, le 27 novembre 1942, et à la dissolution de l'armée de Vichy ordonnée par Adolf Hitler.
8. Le narrateur justifie le fait d'écrire dans des journaux collaborationnistes, dont il ne partage pas l'opinion politique, par nécessité de gagner sa vie.
9. Marché noir: vente clandestine, souvent à prix élevé, de produits rares ou rationnés.
10. Salamalecs: politesses exagérées et hypocrites (familier).
11. Doryphores: insectes parasites des pommes de terre, qui désignent péjorativement les Allemands.

Quand j'ai su qu'on avait arrêté Yvonne, ça m'a fait de la peine. La pauvre fille. Elle était à la prison de Montluc d'abord. Il paraît que c'est très moche et puis surpeuplé. Qu'est-ce qu'elle avait bien pu faire ? Ah ! ces centaines de milliers de gens dans les prisons et dans les camps, est-ce qu'on peut savoir ce qu'ils ont fait, tous ? Yvonne était une fille vaillante, toujours de bonne humeur même quand on avait un coup de chien. Il fallait seulement avec elle surveiller l'orthographe des noms propres...

Je ne suis pas très sûr, quand je l'ai aperçu à Nice, qu'Émile m'avait vu. Pourtant il m'avait fait l'effet de faire celui qui ne m'avait pas vu. J'avais envie de lui courir après, surtout pour lui demander des nouvelles d'Yvonne, et puis... Oh ! ce n'était pas la peur d'être indiscret. Émile aime bien, au fond, rencontrer ce vieux Julep... Non, mais je n'étais pas seul ; vous me comprenez. Enfin, il était toujours vivant.

J'ai pendant quelque temps caché chez moi un confrère, un juif, qui était traqué, sans avoir rien fait pour cela, que d'être juif. Il lui fallait des papiers. J'en ai bien demandé à ceux que je savais de la Résistance... Mais après tout, je le cachais déjà chez moi. On se sent gêné, à la fin, de ne rien faire. L'arrestation d'Yvonne m'avait fait un drôle d'effet.

Toujours est-il que mon hôte s'était débrouillé, il avait soi-disant trouvé des gens qui faisaient très bien les fausses cartes, à un prix respectable, et il devait partir pour une planque à la campagne quand, un matin, on frappe à la porte : toute une compagnie, un commissaire de police français, ses bonshommes, et deux types de la Gestapo[1]. Je n'aime pas beaucoup raconter cette histoire, les détails, ça n'a rien à faire ici. Ils nous ont battus. Moi, les Français m'ont gardé. Le pauvre type, personne ne sait ce qu'il est devenu. Il devait être dans ce wagon à bestiaux en partance pour l'Allemagne qu'ils ont oublié sur une voie de garage à la

---

1. Gestapo : police secrète d'État du Troisième Reich*, chargée de traquer les opposants au régime.

sortie des Brotteaux, les portes cadenassées, et où tout bruit a cessé au bout de cinq à six jours. Je m'en suis tiré : six mois de taule, pour non-déclaration de locataire.

C'est dans la cour de la prison, cette fois, que j'avais revu Émile. Pendant la promenade. Vous parlez de promenade. Un puits entre les murs hauts et noirs, et on tourne en rond les uns derrière les autres, pas le droit de se parler, à bonne distance, ça va chercher dans les dix mètres sur huit... Il était derrière moi, je ne l'avais pas vu. J'entends tout à coup murmurer : « Eh ! Monsieur Julep... Monsieur Julep », pas possible de s'y tromper : c'était Émile. On n'a pas pu se dire grand-chose. Un tour de cour entre question et réponse. Des nouvelles d'Yvonne ? « Elle est dans un camp. Pas trop mal... – Et Rosette ? » La réponse ne vint pas tout de suite. Nous tournions. Le gardien regardait de notre côté. Enfin, la voix, un peu changée : « En Silésie[1]... depuis janvier... pas de nouvelles... »

Ça m'avait donné un coup. Dans ma cellule, je pensais tout le temps à Rosette. En Silésie. Où ça ? Dans les mines de sel, qui sait ? Cette gosse. Je la revoyais encore comme la première fois, au Vél' d'Hiv', une petite fille... Le beau-frère, Yvonne, Rosette... Ah ! c'était une famille éprouvée, qui ne s'était pas ménagée. Ils n'avaient rien à gagner. J'avais avec moi un type du marché noir et un petit voleur à la tire, qui me regardaient de travers parce que j'étais un *politique*[2] : un comble, vraiment, moi un politique...

Une autre fois, à la corvée de tinette[3]. J'étais dans le couloir. Voilà Émile qui passe à côté de moi. Il me souffle : « Comment c'est votre nom, monsieur Julep ? » Drôle d'idée de me demander ça : j'ai tout juste pu lui répondre. Quand je l'ai revu à la promenade,

---

1. Silésie : région qui s'étend sur une partie de la Pologne, de la République tchèque et de l'Allemagne, où se trouvaient alors des camps de travailleurs, de concentration et d'extermination*.
2. Politique : prisonnier politique, dont les idées étaient opposées à celles du régime de Vichy*.
3. Corvée de tinette : nettoyage des parties communes servant de toilettes.

à ma question : « Qu'est-ce qu'elle avait fait, Rosette ? », il m'a répondu : « Rien, son devoir... »

Le type du marché noir disait qu'on était mal traité, parce que, dans cette prison, il y avait un tas de communistes, que ça rejaillissait sur les autres. Et il louchait sur moi. Je lui expliquai que je n'étais pas du tout communiste, même pas gaulliste[1]... « Vous êtes pourtant un politique, dit cet homme, alors il faut choisir... »

Voilà qu'un soir, il y a un drôle de boucan dans la turne[2]. On entendait les portes claquer, des va-et-vient. Nous trois, on se regardait, vaguement inquiets. Qu'est-ce que c'était encore ? Puis des pas dans le couloir, la clef dans la serrure. On était déjà dans le noir. La porte s'ouvre, la lampe du gardien, un autre gardien avec lui, et derrière trois prisonniers qui avaient l'air de leur donner des ordres. La voix d'Émile : « Celui-là, dans le fond... Vandermeulen... » Et le gardien : « Vandermeulen, avancez. » Qu'est-ce que c'était ? une révolte ? Émile expliqua : « Une évasion collective... » Mes compagnons exultaient[3], mais ils les repoussèrent dans la cellule : rien que les politiques... Ça, ils râlaient.

Je n'ai jamais rien vu de si bien organisé. Le directeur de la prison comme un petit garçon, plusieurs gardiens passés du côté des prisonniers, les autres ficelés. C'étaient les révoltés qui faisaient la police. Ils avaient les listes avec le directeur. Émile disait : « On ne fait sortir que les patriotes[4]... » Il me comptait parmi les patriotes. Je ne peux pas dire, je me sentais fier.

Je ne vais pas raconter la suite, le camion la nuit, ce terrible accident sous le pont du chemin de fer, puis l'arrivée dans un village de montagne, les braves gens qui nous ont cachés, les vêtements apportés, cette extraordinaire gentillesse de tout le

---

1. Gaulliste : partisan du général de Gaulle*, opposant à l'Allemagne nazie.
2. Turne : cellule (familier).
3. Exultaient : se réjouissaient de manière excessive.
4. Patriotes : personnes fidèles à leur patrie, à leur pays.

monde. Tout de même, je n'avais jamais cru qu'il y avait tant de dévouement dans le pays, tant de braves gens... Je ne peux trouver d'autres mots... de braves gens... Émile n'était plus avec nous. On nous avait dispersés par petits groupes. Avec moi, il y avait un avocat de Clermont, deux gaullistes dont je connaissais l'un, un confrère, et un paysan de la Drôme. On s'était évadé à quatre-vingts, pensez donc.

Voilà que je ne m'appelle plus Vandermeulen, ni même Julep. J'ai des papiers au nom de Jacques Denis. Des bons papiers, bien faits, autre chose que ce que les margoulins[1] avaient vendu à ce pauvre bougre de juif que j'avais hébergé. Mes compagnons m'ont demandé si j'avais où aller. D'abord, j'ai dit non. Puis, quand ils m'ont dit : « Alors, viens avec nous », j'ai interrogé : où ça ? Eh bien, dans le maquis[2]... J'avoue que ça ne m'a pas souri. L'été encore, mais l'été était bien avancé. Le maquis. Je ne me vois pas du tout dans le maquis.

Avec ce que m'ont procuré les gens du village, j'ai pu aller jusqu'à M*** où mes amis Y***, je ne vais pas les compromettre, ont un joli petit château. Ils me donneraient le temps de me retourner. Ils n'ont pas eu l'air très contents de me voir. Mais enfin ils ont été corrects. Paul Y*** n'en revenait pas ; il me posait un tas de questions. Ce qui l'inquiétait, c'était le village où on nous avait si bien reçus : « Alors, disait-il, dans ce petit patelin, en pleine montagne, ils sont tous communistes, maintenant ? » Pourquoi communistes ? Jamais de la vie. Des braves gens, quoi. Ils ont un comité de Front national[3]... Ça ne rassurait pas Paul Y***. « C'est effrayant, disait-il, le progrès que cela fait... » Je n'ai rien dit, mais je me suis promis de ne pas traîner chez lui.

---

1. Margoulins : travailleurs peu scrupuleux qui fournissent un mauvais travail (familier).
2. Maquis : désigne les lieux peu peuplés (forêts, montagnes) dans lesquels se cachaient les résistants et, par extension, les résistants eux-mêmes, appelés « maquisards »*.
3. Front national : pendant la Seconde Guerre mondiale, le Front national de lutte pour la libération et l'indépendance de la France est un mouvement rattaché au Parti communiste, qui lutte du côté des résistants.

Ce qui l'effraye, celui-là, ce ne sont pas les Boches qu'on voit de ses fenêtres passer sur la route avec des auto-mitrailleuses, allant pourchasser les réfractaires sur le plateau de L***, où on dit qu'il y en a. Non.

De fil en aiguille, j'ai fait une descente en ville. Des amis m'ont aidé, et puis j'ai retrouvé Protopopoff, parfaitement Protopopoff, le fils du général, le photographe de chez nous avec qui j'avais été jadis chez Émile. Imaginez-vous qu'il est déchaîné, déchaîné. Il n'en a que pour Staline[1]. Il dit que son père était un idiot qui ne comprenait rien à rien, que lui, il se considérait comme un malheureux de ne pas être en Russie, dans l'Armée rouge, à se battre pour sa patrie. Toujours est-il que je ne sais pas ce qu'il trafique, mais il est à un grand hebdo illustré, et il m'a arrangé de faire des papiers à la pige[2], des légendes pour ses photos, avec le rédacteur en chef qui est très bien, paraît-il. Je n'ai pas besoin de paraître, je signe Odette de Luçon. Personne ne va penser que c'est Julep, avec un nom comme ça. Je fais ma matérielle.

C'est un petit bourg, là où j'habite. D'abord je ne parlais à personne. Puis, enfin, je vois souvent le curé. Un exalté, ce curé. Il a des conciliabules[3] avec des types à l'allure militaire. Il a organisé un ouvroir[4] où des femmes du pays, des petites-bourgeoises, même des ouvrières (nous avons une petite usine de limonade), travaillent on ne dit pas pour quoi, mais ça se comprend. Si on avait dit ça en 1940. C'est tout le pays qui est comme ça maintenant. Je vais écouter la radio chez le boucher. Un drôle aussi, celui-là. Il donne de la viande à toute sorte de réfugiés bizarres, qui n'ont pas de cartes[5]. On sait que le médecin soigne les gens du maquis, pas très loin. Il y a eu un blessé l'autre jour. Le bourg

---

1. Joseph Staline (1878-1953): dirigeant communiste de l'URSS, de 1929 à sa mort, qui instaura un régime totalitaire*.
2. Des papiers à la pige: des articles payés de manière ponctuelle.
3. Conciliabules: discussions secrètes.
4. Ouvroir: atelier, lieu où l'on travaille.
5. Cartes: cartes de rationnement*.

a l'air bien calme, mais quand on y regarde de près... Chez le boucher, il vient de temps en temps des gens qui ressemblent à ceux que le curé reçoit en grand secret. Ils parlent tous plus ou moins comme Émile. Ce qu'ils sont, je n'en sais rien. On discute de la guerre qui ne va pas vite en Italie, on a des tuyaux sur ce qui se passe à Vichy, on pousse les petites épingles sur la carte du front russe.

Dans la ville voisine, pour l'anniversaire de Valmy, le 20 septembre[1], il y a eu une grève. Les Boches ont pris trois cents ouvriers, et ils les ont emmenés on ne sait où. Le curé cache un gréviste qui leur a glissé entre les doigts. On va le placer dans une ferme. Il dit qu'il aimerait mieux passer chez les francs-tireurs[2]. C'est extraordinaire, ils sont enragés, ces gens-là. On est fier d'être français.

Il n'y a guère qu'une ombre au tableau dans le bourg. Un bonhomme qui habite à la sortie, cette maison jaune. Paraît que quand les Allemands ont passé par ici, en 40, il les a reçus à bras ouverts, il les a conduits dans la campagne pour le ravitaillement, il buvait avec eux... Enfin, on ne l'aime pas. Surtout que son petit neveu qui a sept ans, jouant avec le fils du boucher, a dit : « Moi, quand je serai grand, je serai comme mon oncle, milicien[3]... Je gagnerai comme lui cent cinquante francs par jour à ne rien faire... » On en parle. Il n'est probablement pas le seul. Pour les autres seulement, on n'est pas sûr. Lui, de temps en temps, il reçoit par la poste un petit cercueil, et tout le monde en rit sous cape.

Protopopoff et moi, on a été faire un reportage dans un camp de Compagnons[4], pas loin de Grenoble. Il faisait déjà chaud. Quatre heures de car. Un endroit très beau. Les arbres roux...

---

1. Valmy, le 20 septembre: la bataille de Valmy, le 20 septembre 1792, qui oppose la France à l'Autriche et à la Prusse, et dont les Français sortent vainqueurs.
2. Francs-tireurs: soldats qui ne font pas partie de l'armée.
3. Milicien: membre de la Milice*.
4. Compagnons: Compagnons de France, organisation destinée à la jeunesse, sous l'influence du maréchal Pétain*, mais qui s'en détachera progressivement.

La description importe peu. Enfin, pendant que les chefs faisaient parader leurs troupes, et défilé et redéfilé, le cantonnement, tout ce qu'on a vu cent fois, je dois dire, voici que deux camions se présentent à l'entrée du camp, et il descend en bon ordre des types armés qui nous couchent en joue. Une vingtaine, et on était bien cent cinquante. Mais sans armes. Les chefs faisaient une drôle de tête. Les Compagnons se sont assez facilement laissé persuader de donner leurs vêtements, leurs souliers, tout le matériel. Protopopoff et moi, on ne nous a pas touchés. C'étaient des jeunes gens avec des blousons, des gros souliers, des culottes et des bandes molletières, un certain disparate[1], que le béret uniformisait un peu. Naturellement, quand un de ceux qui les dirigeaient m'a dit : « Eh bien ! qu'est-ce que vous faites ici, monsieur Julep ? », j'ai sursauté. Encore Émile. Il sera dit. Le voilà franc-tireur maintenant. Il a tenu à emporter une bicyclette qu'avaient les Compagnons. Il fallait le voir, la détaillant, son air satisfait : « Allez, embarquez-moi ça. » On ne l'avait pas changé, Émile. Ils sont partis comme ils étaient venus.

De retour chez moi, j'avais la langue qui me démangeait de raconter ça au curé. C'est singulier comme la perspective morale varie... Il n'y a pas si longtemps, j'aurais considéré Émile comme un bandit. Aujourd'hui, et ce n'est pas à force de réfléchir, c'est tout simple, les choses ont changé de sens, de signification. Pas seulement pour moi. Le boucher, par exemple. Le curé. Et presque tous ici, ces gens qui ont travaillé toute leur vie, dans le respect des lois, saluant le maire. Petitement. Ceux qui allaient à la messe, ceux qui bouffaient gras le Vendredi saint[2]. Le patron de la limonaderie qui a ses deux fils en Allemagne, parce qu'on n'était pas encore organisé quand ils sont partis, tout au début,

---

1. Un certain disparate : une tenue pas très harmonieuse.
2. Ceux qui allaient à la messe, ceux qui bouffaient gras le Vendredi saint : périphrases qui désignent ceux qui suivent les principes de la religion catholique et ceux qui ne les suivent pas. On peut lire ici un écho au poème de Louis Aragon *La Rose et le Réséda*, paru en 1944 (voir Groupement de textes 1, p. 107-109).

et qui fait de son mieux pour empêcher ses ouvriers d'y partir. Les dames du notaire et du médecin. J'ai raconté au boucher l'histoire du beau-frère d'Émile, celui qu'ils ont piétiné. Il m'a dit : « Dites donc, le maréchal Tito[1]... Est-ce que c'est vrai ce qu'on dit, qu'il est communiste ? » Ça le chiffonne. Je ne peux évidemment pas lui dire que moi, quand j'ai filé de prison, je n'ai pas demandé qui me faisait évader.

C'est très peu après le 11 novembre qu'ils ont cerné la bourgade. Les Boches. Le matin de bonne heure, il faisait encore nuit. À ce qu'on raconte, ils ont été à la mairie, et on les aurait vus aussi, avant tout le reste, frappant à la porte de la maison jaune, et le milicien les a accompagnés à la mairie. Moi j'ai eu la chance qu'ils ne soient pas entrés dans la maison où j'ai une chambre, chez une des demoiselles des postes. En fait, qu'est-ce que je risquais ? Mes papiers en règle... Ils ont emmené vingt jeunes gens et il y en a un de dix-neuf ans, qui a essayé de s'enfuir, ils l'ont abattu, derrière l'église. Le plus terrible aussi, c'est comme ils ont arrêté le curé, le pauvre vieux curé... On dit qu'ils l'ont jeté dehors, qu'ils le frappaient à coups de crosse, il est tombé plusieurs fois, il disait : « Notre Père qui êtes aux cieux, que votre nom soit sanctifié... que votre règne arrive[2]... » Il paraît que le milicien était là quand ils l'ont mis dans le fourgon et qu'il lui a crié : « Adieu, sale communiste... » Voilà le curé maintenant qu'on appelle comme ça... Il y a une grande colère dans le patelin contre l'homme de la maison jaune. S'il lui arrivait malheur, ce ne serait pas moi qui pleurnicherais.

On dit, c'est-à-dire le boucher m'a dit que ça venait de ce qu'il y avait un camp dans les parages. Ils ont dû se déplacer en vitesse. C'était le curé qui les avait fait prévenir. Le médecin doit savoir où ils ont passé. En attendant, par ici, c'est infesté de

---

1. Josip Broz Tito (1892-1980) : chef d'État yougoslave, membre du Parti communiste, qui prit la tête de la résistance communiste* dans son pays.
2. « Notre Père... » : prière catholique.

mouchards[1]. Il y a des motos qui circulent la nuit. Toute sorte de gens ont apparu à l'*Hôtel des Voyageurs*, au restaurant *Bourillon*. On en a surpris à écouter aux portes. La radio anglaise, qu'on faisait marcher à toute pompe, maintenant on ne la prend plus qu'en sourdine. Il y a eu une dénonciation contre le médecin et sa femme. La Gestapo est venue, on ne les a pas emmenés cette fois-ci, mais ça donne l'impression que c'est pour voir qui ils fréquentent. À la ville, de temps en temps ça saute ; un café, la devanture de l'Office allemand, une grenade au *Cinéma-Palace*… Trois fois en huit jours, la voie de chemin de fer a été coupée.

Tout ça, pour moi, c'est bête, il me semble que c'est toujours Émile qui le fait. Est-ce que je le reverrai, Émile ? Et comment va sa sœur ? Maintenant que je vieillis un peu, je me dis que j'ai été un niais, j'aurais dû épouser Yvonne, c'est une brave petite Française, avec de beaux yeux. On aurait peut-être été heureux ensemble… Peut-être que je me suis trompé sur tout le sens de la vie. On ne peut pas revenir en arrière. N'avoir été qu'un égoïste…

C'est la terreur dans toute la région. Les Boches patrouillent. On s'attend à une descente à la limonaderie. Le mari de la femme de ménage a été désigné pour ce qu'ils ont le culot d'appeler la relève. Il va se faire mettre la jambe dans le plâtre, et avec un certificat médical… Je trouve qu'il a tort. Il ferait mieux de prendre le maquis. Il vaut mieux être un soldat qu'un déserteur[2].

J'ai revu Émile. Mais en rêve. Dans une ville qui n'était ni Grenoble, ni Paris. Une grande avenue vide, triste, l'hiver. On ne voyait pas les Allemands. Ils étaient là pourtant, derrière les arbres dénudés, dans les chambranles[3] noirs des portes… Je portais une petite valise et je me dépêchais. Je ne savais plus si c'était le train ou moi, qui avait quatre heures de retard. Tout d'un coup, des coups de feu, des hommes, qui n'avaient rien fait

---

1. Mouchards : personnes qui dénoncent, délateurs (familier).
2. Déserteur : militaire qui abandonne ses obligations.
3. Chambranles : encadrements.

qu'être là, tombaient… Tout cela et aussi cette histoire vague qu'on m'a racontée d'un homme arrêté sur lequel ils ont lâché leur chien, après l'avoir pendu par les poignets… Tout cela… C'est alors qu'Émile m'est apparu. Il était sur un vélo magnifique, nickelé. Un vélo comme en ont, au music-hall, les acrobates. Je savais que c'était celui qu'il avait pris aux Compagnons. Il passa près de moi, et dit: «Bonjour, monsieur Julep…» Tout d'un coup, je compris que, derrière moi, il se passait quelque chose. C'était l'homme de la maison jaune, le milicien. Il visait Émile. Je voulus crier. La voix s'arrêta dans ma gorge. Mais c'était Émile qui avait tiré et le milicien, sur les pavés, saignait, saignait…

Je me suis réveillé en sursaut, effrayé de moi-même. Est-ce que je souhaitais vraiment la mort d'un homme? On dit que c'est lui qui a dénoncé le curé, guidé le Boche vers le camp des francs-tireurs… Peut-être bien que je me suis trompé sur toutes les choses de la vie. J'imagine Rosette, avec ses taches de rousseur, dans ce bagne de Silésie. Comment sont devenus ses mains, ses cheveux? Voilà l'hiver. Elle doit avoir froid, terriblement froid. Et cette fatigue des journées. C'est insupportable à penser. C'est tous les jours un peu plus insupportable à penser.

J'ai été à la ville. Dans le car, il y avait l'homme de la maison jaune. Bien habillé. Tout insolemment neuf… Les souliers, le pardessus, les gants en cuir clair. Le car était bondé. Si on lui avait enfoncé un poignard dans le cœur, au milicien, il serait resté debout, tenu par les autres. C'est effrayant à songer, qu'il y a des Français qui en livrent d'autres aux Boches. À Grenoble, à Clermont-Ferrand, ils ont commencé à tuer ceux qu'ils appellent leurs otages. Dans leur journal, il y a de grands placards[1]: «Miliciens, marquez vos hommes…»

Je ne rencontre plus Émile, maintenant. Mais, partout, je rencontre le milicien. Je ne sais pas, auparavant on ne le voyait pas tant. Il a été à Lyon dans le même train que moi. Je l'ai trouvé

---

1. Placards: avis publiés publiquement.

chez l'horloger, quand je lui ai porté mon réveil à réparer. Une fois dans la campagne... près de ce petit village qui a une grande usine aux fenêtres bleues... Je faisais une promenade hygiénique. Nous nous sommes trouvés face à face. La plaine autour de nous. Les champs déserts. Je n'avais pas d'arme, voilà, je n'avais pas d'arme.

Le boucher a été prendre la garde sur la voie ferrée, à quinze kilomètres d'ici. Il m'a raconté que, maintenant, les Boches avaient, pour les aider à faire les rondes, des Français et des miliciens.

Si je savais où trouver Émile, j'irais lui demander conseil. Tout se passe comme si Émile jadis apparaissait dans ma vie pour l'orienter. Est-ce qu'ils l'ont tué? J'ai pas mal voyagé. J'ai été à Toulouse, à Marseille. J'avais le secret désir de revoir Émile. Est-ce qu'il n'allait pas surgir sur un quai de la gare, dans une rue déserte? Personne.

Le maréchal Tito continue à tracasser le boucher. Il m'agace à la fin, le boucher. Qu'est-ce que ça peut lui faire, au boucher, ce qu'il est, Tito, puisqu'il se bat contre Hitler? Comme je pensais ça, j'ai eu une espèce de frisson, il m'a semblé réentendre Émile disant: «Il est en h-Espagne, il se bat contre Hitler...» Alors, j'étais comme le boucher... même pire. Je ne comprenais pas ce qu'il voulait dire, se battre contre Hitler, ce qui me frappait, c'était la prononciation d'Émile, pas ce qu'il disait.

Et cette Yvonne avec ses yeux bleus... Elle est dans un camp... pas mal, somme toute... pas mal... Nous sommes en décembre. Ce sera bientôt Noël. Les gosses de Rosette auront-ils un arbre de Noël, chez les grands-parents? Quel âge ont-ils? Le garçon, l'aîné, doit avoir ses dix ans... La petite, voyons, la petite est née quand...

Cet hiver est terrible à supporter. Je n'écoute plus la radio, c'est trop long, il n'y a pas assez de changements. L'année dernière, il y a trois mois encore, j'attendais ce débarquement. Il y aura un débarquement un jour ou l'autre. Mais ça ne me paraît plus l'essentiel. Est-ce que le beau-frère, ou Yvonne ou Rosette ont attendu le débarquement? Il faudra qu'on s'en mêle. On ne peut pas laisser les choses continuer comme ça, sans s'en mêler. Des armes, si on avait des armes. Ce jour, sur la route, quand j'ai vu venir l'homme de la maison jaune. Ah!... des armes...

On m'apporte tous les matins *Le Petit Dauphinois*, et on le met derrière ma porte, c'est-à-dire entre la porte ballante à toile métallique qui nous préserve des mouches l'été, et la porte fermée à clef. C'est ma logeuse qui le ramasse, et qui me l'apporte avec le petit-déjeuner. Ces temps-ci, il est devenu tout petit, trois fois par semaine, et puis quand il y a eu toutes ces histoires à Grenoble, plusieurs fois, il ne m'est pas arrivé. Ils ont tué deux journalistes, là-bas. Comme je n'écoute plus la radio, ou enfin plus régulièrement, le matin je retrouve quelque intérêt à cette feuille absurde, avec ses mensonges de Vichy. En avalant mon café national, voilà qu'un placard me saute aux yeux. Encore une fois, nom de nom... C'est un communiqué du commandant militaire allemand du Sud Frankreich... AVIS... Trois exécutions... Attaques à main armée contre la *Wehrmacht*[1] ayant causé des pertes à la *Wehrmacht*... et ils entraînaient des réfractaires[2] au maniement des armes contre la *Wehrmacht*... et quand la *Wehrmacht* les avait cernés, ils avaient résisté à la *Wehrmacht*. Trois *terroristes*, disaient-ils, ces messieurs de la *Wehrmacht*. Trois terroristes dont ils donnaient les noms : l'un était étudiant, avec un nom plein de soleil, le second était aussi un étudiant, le troisième métallurgiste, Émile Dorin, de Paris...

Émile... Émile Dorin... de Paris...

Des armes... des armes, qu'on me donne des armes. J'étais lieutenant, Dieu du Ciel, dans l'armée française. Je saurais entraîner les réfractaires au maniement des armes, moi aussi. Contre la *Wehrmacht*. Contre la *Wehrmacht*. Le médecin, ici, est en liaison avec le camp qui est revenu ces jours-ci, à cinq kilomètres du bourg, à ce qu'on prétend. Il pourra me dire... Émile... Émile...

---

1. *Wehrmacht* : nom porté par l'armée allemande du Troisième Reich*.
2. Réfractaires : opposants.

Causer des pertes à la *Wehrmacht*... et à ces miliciens maudits... Je suis le lieutenant Vandermeulen, pas ce mollasson de Jacques Denis, pas cet égoïste de Julep. Émile... Le lieutenant Vandermeulen se moque pas mal de qui sont les francs-tireurs qu'il va rejoindre, aujourd'hui ou demain dans les collines, où bientôt tombera la neige.

Un maréchal Tito quelconque, qu'il croie à Dieu ou au Diable, mais qu'il se batte contre Hitler, contre Hitler, c'est tout...

Mon cher Émile... Aujourd'hui même. Je t'ai rencontré pour toujours, Émile.

Aujourd'hui, le lieutenant Pierre Vandermeulen recommence sa vie. On ne peut pas trahir les copains.

Et quand il y en a un de tombé, il faut que dix autres se lèvent.

Arrêt sur lecture 2

Un quiz pour commencer

Cochez les bonnes réponses.

1 *Quel est le métier du narrateur ?*
- ☒ Il est journaliste sportif.
- ☐ Il est ouvrier métallurgiste.
- ☐ Il est sténodactylographe.

2 *Dans quelle ville se déroule le début du récit ?*
- ☐ À Grenoble.
- ☒ À Paris.
- ☐ À Lyon.

3 *Quel lien unit Yvonne à Émile Dorin ?*
- ☐ Ils sont mari et femme.
- ☒ Ils sont frère et sœur.
- ☐ Ils sont collègues.

4 *Que pense le narrateur d'Yvonne au début de la nouvelle ?*
- ☒ Il la trouve très jolie.
- ☐ Il la trouve franchement laide.
- ☐ Il ne prête pas attention à elle.

5 *À quel parti politique le beau-frère d'Émile Dorin appartient-il ?*
- ☐ Au Parti nazi.
- ☒ Au Parti communiste.
- ☐ Au Parti radical.

6 *Le narrateur est-il engagé politiquement au début du récit ?*
- ☐ Oui, il est engagé en faveur du gouvernement de Vichy.
- ☐ Oui, il est engagé en faveur du Parti communiste.
- ☒ Non, il ne s'intéresse pas à la politique.

7 *Quel dirigeant politique n'est pas explicitement cité dans la nouvelle ?*
- ☐ Hitler.
- ☒ Franco.
- ☐ Tito.

8 *Sur quelle période se déroule le récit ?*
- ☐ Deux ans.
- ☐ Cinq ans.
- ☒ Dix ans.

9 *À la fin de la nouvelle, quel message le narrateur adresse-t-il ?*
- ☐ Un appel à la paix.
- ☒ Un appel à la résistance.
- ☐ Un appel à la collaboration.

Arrêt sur lecture 2

Des questions pour aller plus loin

→ **Comprendre l'évolution du héros**

Un témoignage empreint d'authenticité

1 (Langue) Par quel type de narrateur le récit est-il pris en charge ? Selon vous, dans quel but l'auteur a-t-il fait ce choix ?

2 Quels éléments indiquent que le récit s'ouvre alors que l'action a déjà commencé ? Comment appelle-t-on ce type d'incipit ? Commentez l'effet produit sur le lecteur.

3 Quels indices montrent que le narrateur s'adresse parfois directement au lecteur ou à un locuteur ? Qu'est-ce que cela suggère ?

4 (Langue) En vous aidant des notes de bas de page, relevez les termes appartenant au registre familier employés par le narrateur. En quoi renforcent-ils l'effet de réel ?

Un Français ordinaire pris dans les tourments de l'Histoire

5 Dans quelles circonstances le narrateur rencontre-t-il Émile Dorin pour la première fois ? Quels indices prouvent déjà que cette rencontre va s'avérer décisive ?

6 Quel sentiment pousse le narrateur à cacher un collègue juif chez lui ? Trouvez-vous son engagement sincère et réfléchi ? Rappelez quelle conséquence cet acte a pour lui.

7 En quoi peut-on dire que le narrateur apparaît dans la nouvelle à la fois comme un personnage lâche et courageux ?

Zoom sur la rencontre en rêve du narrateur, d'Émile et de Rosette (p. 61-62, l. 573-599)

8 Quels éléments, dans ce passage, prouvent qu'il s'agit d'un rêve ? Vous vous intéresserez en particulier à ce qui apparaît comme flou ou inhabituel.

9 (Langue) Relevez les termes et les procédés qui montrent que le narrateur éprouve de l'inquiétude et de la pitié pour Rosette. Comment appelle-t-on ce type de registre ? D'après vous, peut-on parler d'élément déclencheur dans le changement d'attitude du narrateur par la suite ?

10 En quoi peut-on dire que ce rêve est prémonitoire ? Pour répondre, montrez que ce passage annonce la fin de la nouvelle en confrontant des éléments précis.

Un nouveau héros de la Résistance

11 Complétez l'axe chronologique ci-dessous pour replacer dans l'ordre les différentes rencontres importantes entre les deux principaux personnages de la nouvelle. En quoi le narrateur évolue-t-il au fil de ses rencontres avec Émile ?

1932 — 1936 — 1938 — 1940 — 1942

① Rencontre pendant les grèves d'usine
② Rencontre au front en Normandie
③ Rencontre au Vél' d'Hiv'
④ Rencontre dans un train
⑤ Rencontre en prison

Arrêt sur lecture 2

Arrêt sur lecture 2

12 Quels autres personnages, et quels événements marquants, influencent l'évolution politique du narrateur au cours du récit?

13 Pourquoi le narrateur choisit-il, à partir de la page 56, de rendre les noms des lieux et des personnages anonymes? En quoi cela donne-t-il encore plus de crédit à son récit?

14 Comment comprenez-vous la dernière phrase de la nouvelle: «Et quand il y en a un de tombé, il faut que dix autres se lèvent»? À quoi fait-elle écho?

✔ Rappelez-vous!

- Dans cette nouvelle, Louis Aragon retrace le **cheminement du narrateur** qui, d'abord **passif** face aux événements qui bouleversent la France et les pays voisins au début de la Seconde Guerre mondiale, va progressivement **s'engager dans la Résistance.**

- Cette évolution nous est donnée à lire grâce à **différents procédés narratifs**: le **narrateur-personnage** est **témoin** des événements qu'il raconte, ce qui donne un crédit à son récit. Plusieurs **marques de complicité avec le lecteur** (adresses directes, emploi d'un vocabulaire courant voire familier, ellipses temporelles) permettent également de **renforcer l'effet de réel**.

De la lecture à l'expression orale et écrite

💬 *Des mots pour mieux s'exprimer*

1 *Complétez les phrases suivantes avec les mots qui conviennent, en les accordant si nécessaire. Vous pouvez vous aider d'un dictionnaire.*

> Armistice   Capitulation   Débâcle
> Embuscade   Offensive   Trêve

a. La signature d'un _____ entre deux pays auparavant en guerre marque la _____ des combats. Le pays contraint de rendre les armes peut percevoir cette _____ comme une véritable _____.

b. Les soldats étaient cachés en _____ ; ils lancèrent l'_____ en pleine nuit.

2 a. *Classez les termes suivants dans la colonne qui convient, en fonction de leur étymologie.*

> Belligérant   Belliqueux   Guérilla
> Guerrier   Guerroyer   Rébellion

Mots formés sur la racine francique *werra*	Mots formés sur la racine latine *bellum*

b. *Employez chacun de ces mots dans une phrase qui en éclairera le sens.*

🎤 La parole est à vous

3 *Racontez à plusieurs la partie manquante du récit de l'évasion fait par le narrateur dans l'extrait suivant :*

> « Je ne vais pas raconter la suite, le camion la nuit, ce terrible accident sous le pont du chemin de fer, puis l'arrivée dans un village de montagne, les braves gens qui nous ont cachés, les vêtements apportés, cette extraordinaire gentillesse de tout le monde. » (p. 55-56, l. 402-407)

Consignes. Formez des groupes de cinq élèves. Vous avez dix minutes de préparation pour reprendre une par une les étapes du récit fait par le narrateur, vous les répartir, et développer chacune d'entre elles à l'écrit en deux à trois phrases chacun. Présentez votre récit collectif à la classe en veillant à la qualité de l'expression, à la fluidité de l'enchaînement des phrases et au ton approprié aux émotions que le récit doit provoquer (peur, colère, compassion).

4 *Par groupes de deux, inventez le dialogue entre le photographe Protopopoff et son père, au sujet de la politique menée par Staline.*

Consignes. Relisez le passage page 57, lignes 439 à 446. Répartissez-vous les rôles : l'un jouera le photographe Protopopoff, l'autre son père. Votre dialogue devra confronter les arguments de l'un et de l'autre. N'oubliez pas que le père est contre la politique menée par Staline, mais que son fils la soutient. Vous pourrez, au préalable, faire quelques recherches, au CDI ou sur Internet.

À vous d'écrire

5 *Imaginez que le narrateur ose finalement aborder Yvonne lorsqu'il la croise à Marseille, et que les deux jeunes gens tombent amoureux.*

Consignes. Rédigez le discours que le narrateur lui tient pour lui faire part de son évolution, tant en matière d'engagement politique que de sentiments à son égard. Votre récit, d'une vingtaine de lignes, devra respecter les contraintes de narration de la nouvelle (type de narrateur, point de vue, description des personnages…).

6 *Comme le narrateur dans la nouvelle, interviewez des camarades de classe, des membres de votre famille, ou des personnels du collège, sur un sujet d'actualité qui vous tient à cœur, puis rédigez un article qui paraîtrait dans le journal de l'école.*

Consignes. Votre article, d'une trentaine de lignes, devra comporter toutes les caractéristiques d'un article de presse: un titre principal, un chapeau, et au moins deux intertitres. Vous présenterez le sujet choisi, et rendrez compte de trois témoignages en veillant à insérer correctement les citations et à varier les verbes introducteurs.

Du texte à l'image

- Anonyme, *Affiche de résistance*, v. 1942.
- Robert Doisneau, *Échange de documents entre deux résistants (reconstitution)*, photographie, automne 1944-printemps 1945.
- ➡ Images reproduites en fin d'ouvrage, au verso de la couverture.

👁 Lire l'image

1 Décrivez l'affiche de résistance (couleurs, lignes de force, personnages, symboles). Quelle impression s'en dégage ? En quoi le slogan vient-il renforcer cette impression ?

2 Analysez la composition de la photographie de Robert Doisneau. Quel est l'effet produit par le regard de la jeune femme ?

📄 Comparer le texte et l'image

3 À quels personnages de la nouvelle *Les Rencontres* l'homme et la femme photographiés par Robert Doisneau peuvent-ils vous faire penser ? Justifiez votre réponse.

4 En quoi l'affiche de résistance illustre-t-elle parfaitement la fin de la nouvelle ?

✏ À vous de créer

5 À votre tour, créez une photographie ou une affiche qui appellerait à la résistance sur un sujet de société de votre choix. Vous pouvez vous inspirer des documents que vous venez d'étudier. Vous accompagnerez votre photographie d'une légende ou votre affiche d'un slogan.

Pénitent[1] *1943*

« Monsieur le curé ne rentrera pas trop tard ? C'est à cause des bettes[2].
– Non, Marie, ne me faites qu'une légère collation[3] ce soir… avec cette chaleur ! Non, je ne serai pas long, je reviens tout de suite après les confessions. »
M. Leroy[4] avait bien maigri. Sa gouvernante murmura qu'un bon plat de bettes n'aurait pas été du luxe, c'était précisément ce qu'il voulait éviter. Ça l'agaçait toujours que Marie dise des *bettes*, comme tous les gens du pays. Lui les appelait *blettes*, comme il se doit. Il ne les aimait guère. On pouvait passer par le jardin du presbytère[5] à l'église : les acacias étaient en fleur, ça sentait merveilleusement bon. Mais le curé préférait sortir, faire un petit tour avant d'aller s'enfermer dans son confessionnal[6].

---

1. Pénitent : personne qui se confesse auprès d'un prêtre pour se faire pardonner ses fautes.
2. Bettes : sortes de betteraves, aussi appelées « blettes ».
3. Une légère collation : un repas léger.
4. L'abbé François Larue (1888-1944), dont le nom est changé en Leroy dans cette nouvelle, fut l'une des figures de la Résistance. Louis Aragon participa aux réunions clandestines qu'il organisa dans son presbytère en 1943. Capturé par les soldats nazis, François Larue fut brûlé vif dans une cour de prison à la sortie de Lyon.
5. Presbytère : lieu de résidence du curé.
6. Confessionnal : lieu clos, à l'intérieur d'une église, dans lequel le prêtre reçoit ses fidèles en confession.

Non pas qu'il aimât beaucoup le quartier, où, après dix ans, il gardait comme au premier jour ce sentiment de ne pas être à sa place. Il aurait préféré la vraie campagne ou la vraie ville. Ce faubourg, ni chair, ni poisson, peuplé de petits rentiers[1], de petits commerçants ou de gens qui avaient leur travail ailleurs, contents d'avoir trois brins d'herbe et un arbuste derrière leurs murs, et de leurs maisons mesquines[2], toutes pareilles : on entre, à droite une pièce, à gauche l'autre... Si seulement il avait été curé de V***, à un kilomètre de là, une banlieue ouvrière, avec ses difficultés, un combat de tous les jours.

Sur la place, avec le bitume encore torride, et les faux ombrages du square dans le soir tout clair, deux femmes bavardaient sur un banc, qui le saluèrent. Un peu plus loin, au bord du trottoir, un garçon et une fille se parlaient de très près. Lui, doré avec son tricot bleu pâle, le cou et les bras nus, adossé à son vélo, cette gloire de la jeunesse, M. Leroy ne le connaissait pas. Mais la petite, toute mignonne, quinze ans, pas plus, avec sa blouse blanche, bien lavée, où se devinaient des seins encore aveugles, une brune dans sa jupe courte, sans bas, fière de ses souliers de bois, il n'y avait pas longtemps encore qu'elle venait au catéchisme de persévérance[3]. M. Leroy détourna la tête pour ne pas les gêner. Toutes les années, c'était comme ça : le printemps... Le printemps peut-être n'apportait pas que le péché... Les voies du Seigneur sont impénétrables[4]...

Les petits arbres de la place pliaient sous leur charge de fleurs. M. Leroy soupira : il regardait devant lui son église, et il songeait sans gaieté aux confessions qu'il allait entendre. Toujours la

---

1. Rentiers : personnes qui vivent de leurs rentes, c'est-à-dire de leurs revenus financiers, sans avoir à travailler.
2. Mesquines : qui manquent de grandeur, qui relèvent de l'avarice.
3. Catéchisme de persévérance : cours de religion, qui se basaisait sur l'ouvrage du prêtre et théologien Jean-Joseph Gaume (1802-1879), *Catéchisme de persévérance*, publié en 1838.
4. Les voies du Seigneur sont impénétrables : expression issue de la Bible, qui signifie que l'on ne peut pas tout expliquer.

même chose! Ah, ce n'étaient pas de bien grands pécheurs que ses paroissiens[1]! Tout au moins ceux qui venaient... Il avançait doucement vers son église, des enfants qui jouaient, toujours la même chose! Ah! ce n'étaient pas de bien grands prétextes
45 à traîner. Et puis, si petits pécheurs[2] qu'ils fussent, les gens qui l'attendaient l'attendaient.

Au fond, les gens étaient comme l'église. M. Leroy les regardait avec désapprobation[3]. Il ne s'y était jamais habitué, à cette église. Qu'est-ce qu'elle avait d'extraordinaire? Précisément, elle n'avait
50 rien d'extraordinaire. Une de ces bâtisses gothiques[4] de 1910, qui avait d'abord eu l'air fabriquée avec un jeu de construction, tant que la pierre était restée blanche, les joints bien apparents. Puis elle s'était un peu salie, patinée. La fumée de V***, que le vent rabattait par ici. De dehors, elle avait l'air assez grande; en
55 entrant, on était déçu[5], le chœur n'était pas assez profond, les ailes[6] manquaient d'envergure. Et rien, pas un objet, qui ne fût de cette piété vulgaire, à la grosse[7], qui est bien décevante quand on a quelques aspirations artistiques, comme M. Leroy, qui, dans son jeune âge, avait un peu étudié diverses choses, couru
60 les musées. Oh! il se serait satisfait de peu. Et puis l'intention est le principal dans la maison du Seigneur: si tout n'est pas très beau, il suffit, n'est-ce pas, que ceux qui s'y agenouillent apportent l'élan spirituel qui fait défaut à l'architecture. Oui, mais voilà: ils ne l'apportaient guère.

65 M. Leroy n'aurait pas tellement tenu à être prêtre d'une basilique romane, ou de quelque vaisseau gothique parfait. Il se

---

1. Paroissiens: fidèles qui se retrouvent dans une église.
2. Pécheurs: personnes qui commettent des péchés, c'est-à-dire des fautes au regard de la religion.
3. Désapprobation: sans être d'accord avec eux.
4. Gothiques: appartenant au style d'architecture gothique, né en Europe au Moyen Âge, qui succéda à l'architecture de style roman.
5. Déçu: déçu.
6. Le chœur, les ailes: parties de l'église, au fond et sur le côté (voir schéma p. 93).
7. Piété vulgaire, à la grosse: objets de dévotion qui manquent de finesse.

serait satisfait d'une de ces églises paysannes, un peu biscornues, comme il y en a tant dans les campagnes de France, qui témoignent d'une certaine ferveur[1] maladroite. Le Seigneur, et l'évêque, en avaient autrement décidé. C'était la croix[2] de M. Leroy que d'officier dans ce bâtiment sans âme, avec sa rosace de convention, ses retables de bois ciré, ses vitraux[3] sans mystère, le carrelage de salle de bains, les statues de plâtre aux couleurs de bonbons. Mais il y avait des jours où c'était comme pour les blettes : il s'en serait bien passé.

Ce que ce quartier était désespérément tranquille ! N'eût été ce ronron, assez bas sur les têtes, auquel on ne prêtait guère d'attention, avec le champ d'aviation tout à côté, on ne se serait jamais cru en guerre. Surtout que par ici il y avait peu de ces affiches qui bouleversaient M. Leroy. Sauf sur la colonne, où elles avaient pris la place des annonces des cinémas ou des concerts, faisant de la réclame[4] pour la relève[5], le ramassage de la ferraille, ou la Milice[6]. On voyait rarement les uniformes verts des occupants par ici. Dans les rues voisines, on entendait siffler le laitier qui distribuait le lait écrémé.

« Allons, pensa le curé, il faut se décider », et il gravit le perron de l'église. Il se représentait ce que l'y attendait, ses clientes, comme il disait en plaisantant. Mme Guillebouton peut-être… la vieille mère Buzevin… le bonhomme Boudart, le cantonnier… un ou deux des jeunes gens de l'institution Sainte-Eulalie qui avaient des doutes d'adolescents… Quelle patience il fallait avoir ! M. Leroy offrit à Dieu l'ennui dont il se sentait saisi par avance.

---

1. Ferveur : expression zélée, excessive, du sentiment religieux.
2. La croix : la punition, en référence à Jésus-Christ, mort crucifié (sens métaphorique).
3. Rosace, retables, vitraux : éléments architecturaux décoratifs d'une église.
4. Réclame : publicité.
5. Relève : système imposé par les Allemands en mai 1942, qui prévoyait la libération d'un prisonnier de guerre français contre l'envoi en Allemagne de trois travailleurs volontaires.
6. Milice : organisation paramilitaire créée par le régime de Vichy* et chargée de traquer les juifs et les résistants*.

D'autant que pour peu qu'il y eût du monde cela lui ferait rater la radio, les nouvelles d'Afrique du Nord… Cela aussi il l'offrit à Dieu, un peu à contrecœur. Dans sa poche, il toucha son rosaire[1].

Il y avait sept personnes qui l'attendaient. Six femmes là-dessus, et au premier coup d'œil, M. Leroy, à la lueur des cierges qui brûlaient devant l'Immaculée Conception[2], reconnut de terribles bavardes. Il en avait pour un moment, il ne s'était rien exagéré d'avance. Il savait de bout en bout ce que ces impitoyables dévotes[3] allaient lui dire ; dans quel monde petit, cancanier[4], il allait lui falloir, pendant une heure au moins, se confiner[5]. Mon Dieu, que votre volonté soit faite ![6] Le curé passa s'habiller à la sacristie[7]. La pitié du linge qu'on avait maintenant ! Quand il pensait à la beauté ancienne des surplis, de cette belle toile fine d'autrefois, des regrets assaillaient M. Leroy, qui se reprochait bien un peu de sacrifier aux vanités[8] du monde, mais quoi ! il fallait ce qu'il fallait, un prêtre doit à ses fidèles de se bien présenter. Comment remplacerait-il sa soutane[9], déjà rapiécée ? Combien de points de textile[10] demande-t-on pour une soutane ? Au moins cinquante ! Et on n'a la disposition que de vingt !

Assis dans son confessionnal, il écoutait assez distraitement le murmure qui venait par la grille, sous les rideaux verts : « Mon père, pardonnez-moi parce que j'ai péché… » Il y a des pénitentes qui se complaisent dans le détail insignifiant, grossi à plaisir, comme pour faire valoir la légèreté de leurs fautes, on dirait

---

1. Rosaire : grand chapelet, sorte de collier qui sert à faire ses prières.
2. L'Immaculée Conception : la Vierge Marie (périphrase) ; selon la religion catholique, la mère de Jésus aurait été conçue sans le péché originel de la chair.
3. Dévotes : personnes qui manifestent un dévouement excessif pour la religion.
4. Cancanier : qui colporte des rumeurs.
5. Se confiner : s'enfermer, ici dans le confessionnal.
6. Que votre volonté soit faite ! : expression extraite de la prière chrétienne *Notre Père* ; ici, l'expression signifie que le curé accepte la tâche que Dieu lui impose.
7. Sacristie : annexe d'une église où l'on conserve les objets du culte et où le prêtre se prépare avant les messes.
8. Vanités : désirs de posséder des richesses dans le monde terrestre.
9. Soutane : vêtement long porté par les prêtres.
10. Points de textile : référence aux tickets de rationnement*.

qu'elles viennent non se confesser de leurs péchés, mais se vanter de leurs vertus[1]. Vertu est un bien gros mot... M. Leroy pensait aux acacias du jardin, au plaisir qu'il aurait eu à jouer aux échecs avec le curé de V*** si celui-ci n'avait pas cette affreuse manie de parler politique... Il se demandait même, bien qu'il n'eût pas très faim, ce que Marie allait avoir préparé, les blettes gardées pour le lendemain. Il se prit soudain en flagrant délit d'inadvertance[2], posa à la pénitente une question un peu à côté, et eut honte. Un directeur de conscience se devait de se surveiller mieux que cela. « Ma fille, vous direz dix *Pater* et dix *Ave*[3]... »

Une autre voix montait de la grille de droite, cette fois. M. Leroy écarta le rideau devant lui pour voir si, sur les prie-Dieu, à côté du confessionnal, quelqu'un ne s'était pas découragé d'attendre. Hélas!... Il faudrait aller jusqu'au bout de cette tâche! Le curé se força à mieux écouter, il tenta de s'intéresser à ce balbutiement. Il voyait derrière le rideau mal tiré la lueur des cierges et ne pouvait se retenir de penser combien la cire était une dépense somptuaire[4] de nos jours, qu'on manquait de savon... Était-il bien sûr qu'il fût très agréable à la Vierge de voir inutilement brûler ce qui aurait pu servir... Il chassa ces pensées dangereuses... « Par pensée, par action et par omission[5]... » Quoi? Ah! oui. « Ma fille, cessez de vous reprocher des choses bien naturelles... »

Ainsi, dans l'ombre descendante, le défilé se poursuivait et le tribunal de la pénitence fonctionnait alternativement à ses deux guichets. M. Leroy, ce soir-là, avait une étrange envie de sortir, de se promener au hasard, de respirer les fleurs qui abondaient dans le quartier. Deux fois, il crut avoir fini et s'aperçut s'être trompé dans le compte de ses pénitents. Enfin, ce devait être la

---

1. Vertus: tendances à faire le bien contre le mal.
2. Inadvertance: inattention.
3. *Pater, Ave*: prières catholiques.
4. Somptuaire: qui représente un luxe inutile.
5. Par pensée, par action et par omission: extrait de la prière de la confession prononcée par les pénitents.

dernière, cette brave dame qui s'accusait d'avoir triché l'épicière sur les DT[1] des denrées diverses, pour se procurer des conserves de tomates et, le plus bête, c'était qu'après quinze jours, la tomate en boîte était tombée en vente libre, alors… Le curé crut entendre une certaine agitation dans l'église. «Vous voyez bien, ma chère fille, que la tromperie ne paye pas: le Ciel a voulu par là vous montrer l'inutilité du mensonge… Mais enfin votre faute, grave d'intention, en est heureusement plus vénielle[2], puisqu'elle n'a pas eu d'effet, qu'elle n'a pas nui à la personne qui…» Il souleva le rideau: on remuait des chaises. Qu'est-ce que c'était? Il n'y avait plus personne à attendre. «Au nom du Père et du Fils…» Il expédiait la vieille femme, un peu inquiet.

Quand il sortit du confessionnal, il remarqua à la logette[3] de droite des pieds d'homme sortant de sous le rideau. Il s'était donc encore trompé dans son compte? Encore un pénitent! Mais, dans le chœur de l'église, il y avait des gens qui parlaient haut. Il fronça le sourcil. Qu'est-ce que ça voulait dire? Il s'avança.

C'étaient trois agents de police, et deux hommes en civil, qu'il identifia tout de suite. Ils avaient regardé sous le nez la vieille femme qui sortait du confessionnal; mais l'avaient laissée passer.

«Qu'y a-t-il, messieurs?» dit M. Leroy avec beaucoup de dignité.

Et d'un de ces tons de voix qui ne sont ni hauts ni bas, dont il avait le secret, qu'on aurait entendus de bout en bout d'une cathédrale, sans avoir l'air de faire autre chose que murmurer. Les policiers s'étaient arrêtés, intimidés.

«Monsieur le curé…», commençait l'un d'eux.

L'un des civils lui coupa la parole:

«Il vient d'y avoir encore un attentat à V***, une bombe, et l'homme que nous avons vu fuir a pu se réfugier dans votre église…»

---

1. DT: référence aux tickets de rationnement*.
2. Vénielle: excusable, pardonnable.
3. Logette: confessionnal (voir note 6, p. 75).

C'était indéfinissable, cet homme parlait très bien le français, mais il avait une rudesse d'accent... M. Leroy dit très calmement: «Cherchez, messieurs, cherchez... mais, vous voyez, il n'y a personne...»
Il s'arrêta:
«... que le dernier de mes pénitents qui attend depuis trois quarts d'heure que je lui donne l'absolution[1]... si vous le permettez, je continuerai à recevoir sa confession...»
Dans l'ombre, un instant, il hésita. Le cœur lui battait. Il entendait le souffle angoissé de l'homme, là, à côté, dont en revenant il avait encore regardé les souliers, de pauvres souliers, aux talons usés, qui auraient eu besoin d'un bon ressemelage. Il songeait comme il venait de dire pour cette absurde histoire de DT: «La tromperie ne paye pas...» Puis il n'était pas très sûr de lui: peut-être y avait-il de la curiosité... Il se décida: il ouvrit le guichet de droite, et mettant la main sur ses yeux pour mieux se concentrer:
«Parlez, mon fils, dit-il, je vous écoute...»
Dans l'église, on entendait aller et venir. M. Leroy imagina qu'on ouvrait la porte de la sacristie. Le bedeau[2] devait y être. Mais là, tout près, la voix de l'homme, une voix profonde, étouffée, disait:
«Monsieur le curé... Mon père...» Ce devait être un homme qui n'avait guère l'habitude de parler à un prêtre. Il avait trouvé tout de même de l'appeler mon père... Peut-être s'était-il confessé, enfant: «Pardonnez-moi, mon père...», avait-il même dit, mais c'était peut-être simple rencontre, il voulait s'excuser de s'être réfugié là. «Mon fils, je vous écoute...», répéta le confesseur. Des pas approchaient du confessionnal. Le curé eut l'intuition que cet homme à genoux se ramassait sur lui-même, prêt à bondir. Il souffla vers lui: «Attendez... taisez-vous...», et se leva pour se trouver en présence de celui qui lui avait parlé tout à l'heure au milieu de l'église.

---

1. Absolution: pardon.
2. Bedeau: personne non religieuse qui aide le prêtre à l'entretien de l'église.

« Qu'est-ce qu'il y a encore, monsieur ? » proféra-t-il, cette fois, à voix très haute, avec cette voix des prêtres pas gênés de parler haut dans leur église, eux qui ont l'habitude du prêche[1], des observations faites aux gosses du catéchisme.

L'autre était devant lui presque à le toucher du corps, surpris par la sortie brusque de ce prêtre, et il recula, et répondit à voix basse :

« *Entschuldigen Sie*[2]... Excusez-moi, monsieur le curé, je voulais... »

Le curé eut un petit tressaillement de satisfaction, celui de quelqu'un qui ne s'est pas trompé ; et il se mit à claironner :

« Mais, à la fin, où vous croyez-vous, monsieur ? Me laisserez-vous, oui ou non, exercer mon ministère[3]. J'ai là un pénitent, un paroissien à moi, dont je réponds, et qui est ici depuis trois quarts d'heure, je vous dis, trois quarts d'heure... Et quant à moi, j'ai mon dîner qui attend, des blettes, monsieur, si vous voulez savoir, et j'espère que vous allez vider les lieux... »

Les policiers revenaient :

« On ne trouve personne », dit l'un d'eux.

L'Allemand dit quelques mots à l'autre civil.

« Je vous ferai observer, dit le prêtre, qu'il y a une petite porte à l'église dans la chapelle de saint Jean-Baptiste... »

Les autres regardèrent d'un bloc dans cette direction. C'était vrai, mais alors...

« Vous avez laissé du monde dehors, brigadier ? »

Le brigadier disait que oui. Tout le groupe s'avançait vers saint Jean-Baptiste, la casquette ou le chapeau à la main. M. Leroy les regarda s'éloigner, sortir. Il sourit pour lui seul. Cela lui chantait le *Gloria* dans les oreilles. Il avait perdu toute espèce de sens du péché. Il était installé dans son mensonge et il en tirait vanité[4].

---

1. **Prêche** : sermon, discours du prêtre adressé aux fidèles durant la messe.
2. ***Entschuldigen Sie*** : « excusez-moi », en allemand.
3. **Ministère** : fonction religieuse.
4. **Vanité** : ici, fierté.

235 Pis : il se surprit à penser que la confession de l'homme, eh bien !
il allait la prendre avec une certaine jubilation[1]. Mais quand il
se retourna, le faux pénitent se trouvait debout derrière lui, les
mains ballantes qui ne tenaient pas de chapeau. L'éclairage des
cierges lui faisait des ombres dans le visage.

240 « Vous ne voulez pas vous confesser ? » dit M. Leroy avec un
peu de déception dans la voix.

« Monsieur le curé », dit l'homme, et Dieu que sa voix à lui était
profonde et qu'elle semblait venir du bout de ses membres et faire
frémir la carcasse solide et large, cette stature de camionneur ou
245 de soldat ! « Monsieur le curé, merci, c'est chic de votre part...
Mais vaut mieux que je file maintenant...

– Si vous sortiez maintenant, ils vous mettraient la main dessus,
mon fils. »

Il insistait un peu sur cette appellation de confessionnal, comme
250 pour prolonger une situation où il avait l'avantage. Il s'en rendit
compte et s'accusa de manquer de vraie charité chrétienne.

Aussi rectifia-t-il, très doucement :

« Mon enfant... »

L'enfant se grattait la tête. « Quel pétrin ! » dit-il avec conviction,
255 et puis tout d'un coup il se sentit pris du besoin de s'excuser :

« C'est que j'étais forcé, monsieur le curé, je ne voulais pas vous
offenser... Chacun a ses idées... Mais je n'avais pas le choix ! »

Il voulait s'excuser évidemment d'avoir pris place dans le
confessionnal, lui, un incroyant, qui ne songeait pas à venir se
260 confesser...

« Je comprends, je comprends, acquiesça le prêtre, c'est tout
naturel ! je ne voudrais pas profiter de la situation... »

L'autre ne comprit pas cette phrase et le fait est qu'elle n'était
pas très compréhensible, mais il y a des moments où on dit un
265 peu n'importe quoi, ce qui importe c'est de dire quelque chose.

---

1. Jubilation : joie intense.

« Ils ne vous ont pas dit, demanda-t-il, s'il y en avait un de clamsé[1] ?

— S'il y en avait un de… ? » Non. Ils ne l'avaient pas dit.

« Ah ! soupira l'enfant, je ne voudrais pas les avoir ratés. »

M. Leroy le regarda bien. Ça avait l'air d'un très brave garçon. Qui n'aimait pas l'ouvrage « mal faite[2] ». Le curé, timidement, risqua :

« Des Boches[3] ?

— Enfin, dit l'autre, si ça n'en est pas, ça revient au même ! »

Évidemment, la question était sotte. Pour la faire oublier, M. Leroy dit encore :

« Bon… et qu'est-ce que vous comptez faire ?

— Eh bien, si vous permettez, je vais attendre ici, dans un coin, bien sage… »

Ils rirent en même temps.

« Non, dit M. Leroy, et si les… enfin les flics revenaient ? »

L'autre eut un geste évasif, il avait un peu l'air de mesurer l'église du regard, comme la scène future d'un pugilat[4]. Le curé secoua la tête.

« Non, non… Mieux vaut pas… Venez avec moi, par ici : de la sacristie on peut gagner chez moi… le presbytère »

L'homme ne se le fit pas redire. Il répétait :

« Ça fait rien, c'est chic… pour un curé… »

Les acacias sentaient si bon qu'il fallait bien que le bon Dieu fût d'accord.

La vieille Marie leva les bras au ciel quand M. le curé lui dit qu'il avait un hôte à dîner :

« Ça, vous n'en faites jamais d'autres ! Vous me dites que vous ne voulez qu'une collation ! Et puis vous ramenez du monde ! »

---

1. **Clamsé** : mort (populaire).
2. L'emploi féminin du mot « ouvrage » est courant dans le langage populaire.
3. **Boches** : Allemands (péjoratif).
4. **Pugilat** : bagarre.

Le monde en question, d'ailleurs, l'étonnait un peu. Elle ne demanda rien et s'en fut dans la cuisine où on l'entendit fourrager, remuer les casseroles, sortir des assiettes.

« Je crains, dit le prêtre, que nous n'ayons que des blettes à dîner… Mais à la guerre… Vous aimez ça, vous, les blettes ? »

L'autre fit une petite grimace :

« Vous voulez dire les bettes ? Je préfère les frites, c'est sûr, mais les bettes, c'est pas mauvais, mauvais… c'est meilleur que les rutabagas…

– Ce n'est pas mon avis, protesta M. Leroy. Le rutabaga, mélangé, c'est vrai, avec des pommes de terre… Et puis vous avez tort ici de dire des *bettes*, c'est *blettes* qu'il faut dire…

– Chacun a ses idées : ici nous disons *bettes*… »

Tout d'un coup, ils éclatèrent de rire. Mais alors pas un petit rire, comme tout à l'heure à l'église. Un de ces rires francs qui vous secouent bien la bedaine[1]. Ils ne pouvaient plus se calmer. On était dans le bureau de M. le curé, et le grand crucifix[2] sur fond de velours vert regardait la scène de haut. M. Leroy essuya ses yeux mouillés. Pour la première fois, en pleine lumière, il voyait clairement le visage de son visiteur. Ce n'était pas tant ses mâchoires puissantes qui y étaient caractéristiques, mais ses yeux de grand gosse, qui reluquaient tout, des yeux bruns et vifs et ces taches de rousseur sur le nez. S'il n'avait pas eu cette petite ride près de la bouche, on l'aurait pris pour un conscrit[3]… M. Leroy se rappela la gueule de l'autre, l'espèce de grand flandrin[4], là, l'*Entschuldigen Sie mich*, et il fit la différence. Des types comme celui-là, tous les ans il en voyait d'autres, au catéchisme, des gamins, qui se bagarraient entre eux, jouaient aux billes, parlaient

---

1. **Bedaine** : ventre (familier).
2. **Crucifix** : objet qui représente le Christ sur la croix.
3. **Conscrit** : jeune homme prêt à être appelé pour servir dans l'armée.
4. **Flandrin** : habitant des Flandres, région entre la Belgique et les Pays-Bas, proche de l'Allemagne (rare) ; grand garçon un peu bête et maladroit (familier). Le terme semble ici désigner péjorativement le soldat allemand.

un langage pas très choisi, faisaient des niches[1] aux filles. Puis ils grandissaient, on ne les revoyait plus guère à l'église, ils ne saluaient plus toujours quand on les rencontrait, mais avec des épaules en plus, et cette aisance du corps développé, c'étaient eux qu'on apercevait en vélo, ou dans les coins chambrant[2] des gamines... Ils avaient des gueules comme leurs pères il n'y a pas très longtemps...

« Vous fumez ? »

S'il fumait ! Ce n'était pas de refus. Le curé le poussa dans le petit fauteuil bas, en reps[3].

« Asseyez-vous donc, mon garçon ! »

L'autre avait sur le visage une expression heureuse. Il fumait, et puis il était assis, et puis il répétait :

« Chacun a ses idées... On dit bien, il y a des braves gens partout, mais... Ça fait plaisir de voir que c'est vrai... Chacun a ses idées... »

Il devait tenir aux siennes. M. Leroy se dit que ce serait peine perdue que d'essayer d'évangéliser[4] ce gars-là. D'ailleurs, ce n'était pas ça qu'il avait en tête. Ils étaient contents l'un de l'autre justement parce qu'ils pensaient si différemment sur un tas de choses. Si ça n'avait pas été un curé, par exemple, M. Leroy, eh bien, l'aventure aurait été moins satisfaisante : de même... Bref, le prêtre pensait que ça gâcherait tout que de profiter de l'occasion pour gagner quelqu'un à l'Église. Et le grand Christ sur velours vert avait l'air d'accord.

Mais il avait autre chose en tête, le brave curé. Deux ou trois fois, il chercha la formule. Sans la trouver. Alors, approchant sa chaise, il frappa familièrement sur la cuisse de son hôte et, se penchant vers lui, il lui dit, l'œil interrogateur, éveillé, malicieux :

« Et alors... entre nous... cette bombe ? »

---

1. Niches : farces (familier).
2. Chambrant : retenant.
3. Reps : tissu épais.
4. Évangéliser : rallier au catholicisme.

Arrêt sur lecture 3

Un quiz pour commencer

Cochez les bonnes réponses.

1 *Qui est le personnage principal de cette nouvelle ?*
- ❏ Un pénitent.
- ❏ Un prêtre.
- ❏ Un soldat.

2 *Comment se prénomme la gouvernante du curé ?*
- ❏ Joséphine.
- ❏ Marie.
- ❏ Madeleine.

3 *Où se rend le curé au début du récit ?*
- ❏ À son église, pour entendre les confessions de ses fidèles.
- ❏ Au commissariat, pour dénoncer un villageois qui pratique le marché noir.
- ❏ À la prison, pour visiter les résistants arrêtés.

4 *Quelle expression religieuse emploie-t-il lorsqu'il croise les deux jeunes amoureux sur la place du village ?*
- ❏ « Les voies du Seigneur sont impénétrables. »
- ❏ « Par pensée, par action et par omission. »
- ❏ « Que votre volonté soit faite. »

5 *Quelle émotion éprouve-t-il en recevant les confessions de ses fidèles ?*
- ❏ De la gêne.
- ❏ De la curiosité.
- ❏ De l'ennui.

6 *Comment s'aperçoit-il qu'il y a quelqu'un dans le confessionnal ?*
- ❏ Il entend quelqu'un respirer.
- ❏ Il voit des pieds dépasser.
- ❏ Il sent une présence inhabituelle.

7 *Pourquoi le jeune homme se cache-t-il ?*
- ❏ Parce qu'il a lancé une bombe sur des soldats allemands.
- ❏ Parce qu'il a fait dérailler un train en partance pour l'Allemagne.
- ❏ Parce qu'il a déserté l'armée française.

8 *Que fait le curé à la fin de la nouvelle ?*
- ❏ Il dénonce le jeune homme à la police.
- ❏ Il tend un piège au jeune homme pour que les soldats allemands le capturent.
- ❏ Il invite le jeune homme à dîner chez lui.

Des questions pour aller plus loin

→ **Analyser le portrait de deux résistants que tout oppose**

« Celui qui croyait au ciel » : le curé

1 « Celui qui croyait au ciel / Celui qui n'y croyait pas » sont les premiers vers du poème de Louis Aragon, *La Rose et le Réséda*, écrit en hommage aux résistants. Rendez-vous sur Internet, à l'adresse suivante, pour écouter la chanson du groupe La Tordue, qui a mis en musique ce poème : **https://www.youtube.com/watch?v=dUuz2ufAaOE** Justifiez ensuite son rapprochement avec la nouvelle que vous venez de lire.

2 Recopiez et complétez le tableau suivant pour classer les termes appartenant au champ lexical de la religion. Quelles remarques pouvez-vous faire sur leur nombre et sur leur emploi ?

Objets	Lieu (éléments d'architecture)	Cérémonial

3 Relevez et analysez les expressions religieuses employées dans le texte. Quel effet produisent-elles sur le lecteur ?

4 (Langue) Comment les paroles des personnages sont-elles majoritairement rapportées dans la nouvelle ? Justifiez votre réponse par des citations du texte. À votre avis, pourquoi l'auteur a-t-il fait ce choix ?

5 En quoi la dernière réplique du prêtre est-elle inattendue ? Que laisse-t-elle présager de ses actions futures ?

« Celui qui n'y croyait pas » : le jeune homme recherché

6 Quelle expression le jeune homme répète-t-il à plusieurs reprises dans la nouvelle ? Que traduit-elle ?

7 Pourquoi le jeune homme n'est-il pas arrêté par ceux qui le recherchent ? En quoi, selon vous, la fonction du curé joue-t-elle un rôle essentiel ?

8 Relevez le terme employé, à la fois par le curé et par le narrateur, pour désigner le jeune homme, pages 84-85. Quelle image du personnage cela donne-t-il alors ? En quoi cette image est-elle contradictoire avec l'acte qu'il vient de commettre ?

9 Qui est le « pénitent » mentionné dans le titre ? À la lecture de la nouvelle, proposez une interprétation du titre complet : *Pénitent 1943*.

Zoom sur la découverte du curé (p. 81-82, l. 157-191)

10 (Langue) Analysez les changements dans le discours rapporté au moment où le prêtre voit les pieds dépasser du confessionnal. Quel effet cela produit-il sur le rythme du récit ?

11 Relevez les différentes mentions de la guerre dans cet extrait. Par rapport au début de la nouvelle, que pouvez-vous en conclure ?

12 Comment se traduit l'hésitation du prêtre à protéger le jeune homme caché dans le confessionnal ? Pourquoi, à votre avis, hésite-t-il à mentir ?

13 Le prêtre confesse-t-il finalement le jeune homme, à la suite de ce passage ? Expliquez l'expression « je ne voudrais pas profiter de la situation » (p. 84, l. 262).

✔ Rappelez-vous !

- Par le biais d'un **narrateur omniscient**, l'auteur nous donne ici accès aux **pensées et aux réflexions du curé**, grâce au **discours indirect libre**. On parle alors de **monologue intérieur**. Ce procédé permet de montrer **le cheminement du curé**, qui semble prêt à **s'engager dans la Résistance**.

- Comme dans son poème *La Rose et le Réséda* (voir Groupement de textes 1, p. 107-109) Louis Aragon montre, dans cette nouvelle, **une image de la Résistance diverse et unie** face à l'adversité.

De la lecture à l'expression orale et écrite

💬 *Des mots pour mieux s'exprimer*

1 *Complétez les légendes du plan d'église ci-dessous à l'aide des mots suivants. Vous pouvez vous aider d'un dictionnaire.*

> Bas-côtés   Chœur   Nef   Vaisseau central

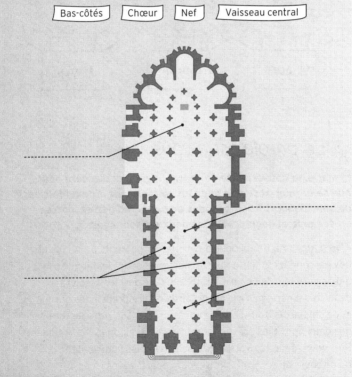

2 *Tous les mots suivants appartiennent au champ lexical de la violence et sont des synonymes du mot* bagarre . *Classez-les selon le niveau de langue auquel ils correspondent.*

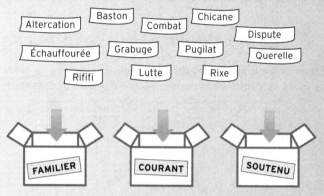

La parole est à vous

3 *Marie, la gouvernante du prêtre, n'est pas d'accord pour que ce dernier accueille chez lui un résistant. Elle lui fait part de son désaccord. Par groupes de deux, rédigez et mettez en scène le dialogue entre les deux personnages.*

Consignes. Au brouillon, trouvez trois arguments pour chacun des personnages. Marie pourra mettre en avant le danger que le curé leur fait courir à tous deux ; ce dernier essaiera de la convaincre qu'il est nécessaire de faire preuve de courage et de solidarité. Vous pourrez vous appuyer sur votre lecture des deux nouvelles précédentes afin de développer vos arguments. Puis vous rédigerez votre texte en suivant les contraintes du discours direct. Enfin, vous vous répartirez les rôles et vous mettrez en voix votre dialogue de manière vivante et énergique.

4 Par groupes de deux, mettez en scène la fin de la nouvelle (p. 86-87, l. 298-352 jusqu'à la fin).

Consignes. Relisez le passage et répartissez-vous les rôles. Au brouillon, recopiez les passages dialogués, inventez des dialogues et des didascalies pour remplacer les passages narratifs. Apprenez vos répliques par cœur et jouez votre texte devant vos camarades, en mettant le ton.

À vous d'écrire

5 Imaginez une confession faite à un ami, dans laquelle vous n'avouez que de petites fautes, tout en grossissant les traits, ce qui rendra votre récit comique.

Consignes. Votre texte, d'une vingtaine de lignes, devra jouer sur le décalage entre le sérieux de la confession et le ridicule des fautes avouées. Vous devrez sélectionner trois ou quatre petites fautes insignifiantes, et les décrire avec beaucoup de détails.

6 Pensez-vous que la violence, telle que la pratique le jeune homme dans le récit, est plus efficace pour défendre une cause que l'engagement littéraire et artistique ?

Consignes. Vous développerez votre réponse dans un paragraphe organisé d'une trentaine de lignes.

Du texte à l'image

- Anonyme, *Homme dans l'ombre et la lumière*, illustration vectorielle, 2017.
- Anonyme, *Une file d'attente devant une boulangerie de la rue Richer à Paris*, photographie, v. 1940-1944.

➡ **Images reproduites en couverture et en début d'ouvrage, au verso de la couverture.**

👁 Lire l'image

1 Quelles couleurs s'opposent sur l'image reproduite en couverture ? Quel est l'effet produit ?

2 Comment la longueur de la file d'attente est-elle mise en avant sur la photographie ? À votre avis, qu'attendent toutes ces personnes ?

3 Quelles sont les personnes qui font majoritairement la queue devant le magasin ? D'après vous, pourquoi ?

📄 Comparer le texte et l'image

4 En quoi peut-on dire que le jeune résistant dans la nouvelle *Pénitent 1943* est, comme l'homme représenté en couverture, entre ombre et lumière ?

5 À quelles réflexions du curé cette image peut-elle faire écho ?

✏ À vous de créer

6 Jouez les photoreporters et essayez d'accentuer l'effet dramatique de la file d'attente devant le magasin. Pour cela, scannez la photographie et recadrez-la à l'aide d'un logiciel de traitement d'image, ou bien imprimez-la et découpez-la pour produire cet effet.

Arrêt sur l'œuvre

Des questions sur l'ensemble du recueil

Des nouvelles ancrées dans un contexte historique réel : la Seconde Guerre mondiale

1 Relevez tous les événements historiques qui permettent d'ancrer précisément ces trois nouvelles dans le contexte de la Seconde Guerre mondiale en France.

2 Relevez, dans chacune des nouvelles, les éléments qui évoquent les conditions de vie sous l'Occupation. En quoi ces références participent-elles de l'effet de réel ?

3 Sur Internet ou au CDI, effectuez des recherches sur Louis Aragon, en vous concentrant sur sa participation à la Seconde Guerre mondiale et sur son action dans la Résistance. Expliquez ensuite en quoi ces trois nouvelles procèdent d'une expérience personnelle de l'auteur.

Des effets d'échos entre les nouvelles

4 Montrez que chacun des personnages principaux vit, au début de chaque récit, une vie plutôt heureuse, malgré le contexte de la guerre.

5 Relevez et classez, en recopiant le tableau suivant, les références faites à la nature et à la sérénité du monde, dans chacune des nouvelles. Quel est l'effet produit sur le lecteur ?

Références à la nature	Impressions de calme

6 Un personnage de curé apparaît également dans la nouvelle *Les Rencontres* (p. 57). Comparez-le à celui de *Pénitent 1943*. En quoi le parallèle est-il intéressant ?

7 Comment qualifieriez-vous la fin de chacune des nouvelles ? Que pouvez-vous imaginer de leurs suites ?

Des personnages entre collaboration et Résistance

8 Reliez chacun des personnages des nouvelles à la position qu'il défend au début du récit.

M. Picot •

Pierre Vandermeulen •

Rosette •   • Collaboration

Émile Dorin •   • Résistance

M. Leroy •

Le jeune homme caché
dans le confessionnal •

9 Ces trois nouvelles sont parues pour la première fois dans un recueil intitulé *Servitude et grandeur des Français* et sous-titré *Scènes des années terribles*. Cherchez dans un dictionnaire la définition du terme « servitude » et expliquez le choix de ce titre, en vous appuyant sur votre lecture des trois nouvelles.

10 En quoi peut-on affirmer que chacune de ces nouvelles révèle une prise de conscience de la part des personnages principaux ? Développez votre réponse dans un paragraphe argumenté.

Des mots pour mieux s'exprimer

Lexique du récit et de la nouvelle

Auteur: personne réelle qui signe le texte et qui se distingue du narrateur (sauf dans le cas de l'autobiographie).

Chute: dénouement inattendu d'une nouvelle.

Dénouement: événement précis qui résout l'intrigue et conduit le récit à sa fin.

Imparfait: temps du passé majoritairement employé dans le récit pour la description ou la répétition d'une action.

Incipit: début d'un récit qui expose la situation initiale des personnages.

Narrateur: celui qui raconte l'histoire et qui se distingue de l'auteur (sauf dans le cas de l'autobiographie).

Nouvelle: genre de récit qui se caractérise par un texte bref et une intrigue resserrée autour d'une seule action et de quelques personnages.

Péripéties: ensemble des épreuves que doit surmonter le personnage.

Point de vue: perspective adoptée par le narrateur pour raconter l'histoire (on parle aussi de « focalisation »). Il existe 3 types de points de vue dans le récit :

– **interne** : le narrateur ne raconte que ce que les personnages savent, voient ou pensent.

– **externe** : le narrateur en dit moins que ce que les personnages savent et ne fait pas part aux lecteurs de leurs pensées ou de leurs sentiments.

– **omniscient** : le narrateur en sait davantage que les personnages et fait part aux lecteurs de leurs pensées ou de leurs sentiments les plus intimes.

Mots croisés

Tous les mots à placer dans la grille suivante se trouvent dans le lexique du récit et de la nouvelle.

Horizontalement

A. Dans *Les Rencontres*, il a plusieurs pseudonymes, dont celui de Julep.
B. Dans *Le Collaborateur*, elle est particulièrement surprenante, et laisse le lecteur sans voix.
C. Dans *Le Collaborateur*, cette étape du récit correspond au moment où le petit-fils des Picot sort jouer à la balle.
D. Celui qui a écrit les trois nouvelles que vous venez de lire s'appelle Louis Aragon.

Verticalement

1. Type de point de vue employé dans *Le Collaborateur*.
2. Dans *Les Rencontres*, le héros doit en surmonter plusieurs, dont celle de la guerre et de la prison.
3. Genre auquel appartiennent les trois récits que vous venez de lire.
4. Dans *Pénitent 1943*, temps verbal employé pour décrire la place du village que le curé doit traverser pour se rendre à son église (p. 76-77, l. 24-46).

Arrêt sur l'œuvre

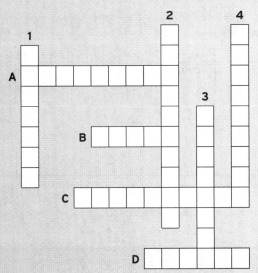

Lexique de la résistance

Contestation : fait de ne pas accepter quelque chose ; action de remettre en cause l'ordre établi.
Désobéissance : refus de se soumettre à une autorité ou à une loi.
Insoumission : fait de ne pas se soumettre à l'autorité.
Insurgé(e) : personne qui se révolte.
Liberté : situation d'une personne qui n'est pas dépendante de quelqu'un ou qui n'est pas enfermée ; pouvoir d'agir selon ses propres choix.
S'opposer : agir contre quelqu'un ou quelque chose.
Protester : s'indigner, s'élever contre quelqu'un ou quelque chose.
Rébellion : action de se révolter.
Révolte : action violente menée par un groupe de personnes qui s'opposent ouvertement à l'ordre établi ; attitude de quelqu'un qui refuse d'obéir ou de se soumettre.
Servitude : état de dépendance complète.
Soulèvement : mouvement collectif et massif de révolte.
Sujétion : état d'une personne soumise à une autorité.

Mots mêlés

Retrouvez tous les mots du lexique de la résistance dans la grille ci-contre. Les mots peuvent être écrits verticalement et en diagonale.

Arrêt sur l'œuvre

D	R	I	S	U	B	O	R	L	J	O	S	R	V	M	E	M
N	É	C	N	U	L	G	Q	U	H	S	E	E	G	E	U	Z
A	V	S	O	S	L	P	A	B	L	A	R	U	S	Z	Y	A
E	O	E	O	N	O	L	F	J	C	Z	V	T	A	U	U	R
R	L	Q	S	B	T	U	C	K	N	S	I	X	O	O	U	F
É	T	B	O	R	É	E	M	O	U	U	T	W	X	I	S	O
B	E	O	U	S	T	I	S	I	O	S	U	I	T	H	E	J
E	I	T	L	O	U	E	S	T	S	K	D	L	I	O	A	J
L	N	B	È	P	V	X	U	S	A	S	E	E	P	K	Y	Q
L	S	L	V	P	R	Y	J	Y	A	T	I	Y	C	B	T	D
I	U	I	E	O	F	O	É	P	Y	N	I	O	N	E	A	I
O	R	B	M	S	K	U	T	U	O	Z	C	O	N	U	I	B
N	G	E	E	E	L	K	I	E	I	G	H	E	N	T	C	U
S	É	R	N	R	A	I	O	B	S	Y	R	B	Y	Y	K	T
M	Y	T	T	H	J	S	N	Y	D	T	Y	Y	Q	I	B	P
B	Z	É	M	U	A	M	T	Y	Q	N	E	J	B	K	L	E
O	X	A	U	U	X	A	Z	K	O	G	Z	R	L	A	O	Y

À vous de créer

1 (EPI) *Faire un exposé sur le contexte historique des nouvelles*

Disciplines croisées: Français, Histoire-Géographie
Thématique: Information, communication et citoyenneté

Par groupes de trois élèves, préparez un exposé illustré
sur le contexte historique des nouvelles.

Étape 1. Choix du sujet

Choisissez un sujet parmi les propositions suivantes, et définissez
une problématique.

- La guerre civile espagnole
- L'armistice du 22 juin 1940
- Les membres de la Résistance en France
- La poésie engagée durant la Seconde Guerre mondiale
- Le gouvernement de Vichy et le maréchal Pétain

Étape 2. Recherches documentaires

Effectuez, chez vous ou au CDI, des recherches documentaires
sur le sujet choisi. Vous pouvez demander de l'aide au professeur
documentaliste ou au professeur d'Histoire-Géographie. Prenez
des notes à partir de vos recherches dans des livres ou sur des sites
Internet, et commencez à formuler un plan de votre exposé.
Vous pourrez vous rendre sur les sites d'informations suivants:
www.educasources.education.fr
www.histoire-image.org
www.histoire-pour-tous.fr/dossiers/87-seconde-guerre-mondiale.html
http://www.ina.fr/pages-carrefours/histoire-et-conflits/

Étape 3. Rédaction et mise en page
Au brouillon, rédigez un plan détaillé de votre exposé, et répartissez-vous les différentes parties. Entraînez-vous à les lire avec fluidité, en captant l'attention et le regard de votre auditoire.

Étape 4. Création du document projeté en classe
À l'aide d'un logiciel de présentation type PowerPoint, créez un document qui vous permettra de présenter votre exposé à vos camarades. Attention, il ne faut pas écrire sur les diapositives tout ce que vous allez dire à l'oral ! Ne mettez que l'essentiel (les titres, les dates importantes, le nom des événements principaux) et illustrez votre document à l'aide d'images qui éclaireront votre propos. Vous pouvez également inclure des liens vers de courtes vidéos. Vous ferez figurer en fin de document la mention de vos sources.

2 *Résister par les mots : écrire et mettre en page une nouvelle sur un fait d'actualité*

À votre tour, rédigez une nouvelle qui sera un appel à la résistance ou à l'engagement, face à un événement ou à une situation actuelle qui vous révolte. Votre travail d'écriture se fera par groupes de deux, et comportera au moins quarante lignes, avec un effet de chute.

Étape 1. Choix du sujet
Votre nouvelle mettra en scène des personnages actuels, qui évoluent dans la société que vous connaissez. Le choix de votre thème sera donc à rechercher dans l'actualité ou dans votre quotidien. Vous pourrez, par exemple, vous renseigner sur les enfants touchés par la pauvreté en France, sur les conditions de traitement des animaux ou sur tout autre sujet qui vous tient à cœur. Une fois le sujet choisi, et avant d'effectuer des recherches, listez les aspects que vous voulez critiquer, et les raisons qui vous ont fait choisir ce sujet.

Étape 2. Préparation de la nouvelle
Au brouillon :
– Choisissez les deux ou trois personnages principaux de votre nouvelle et faites-en un portrait rapide (physique et moral).
– Construisez la trame principale du récit. Vous pourrez vous appuyer sur les étapes du schéma narratif (situation initiale, élément déclencheur, péripéties, élément de résolution, situation finale).
– Pensez à bien travailler votre chute : elle doit surprendre le lecteur et l'amener à relire votre texte sous un autre angle.

Étape 3. Rédaction de la nouvelle
Saisissez votre nouvelle à l'aide d'un logiciel de traitement de texte et mettez-la en page. Vous pouvez également concevoir la couverture de votre ouvrage. Pour cela, cherchez une image libre de droits sur Internet, ou réalisez vous-mêmes un dessin ou un collage.

Groupements de textes

Groupement 1
Résister en littérature

Louis Aragon, *La Rose et le Réséda*

Écrivain engagé dans la Résistance, Louis Aragon (1897-1982) compose *La Rose et le Réséda* en 1942. Le titre du poème réunit la couleur rouge, symbole des communistes, et la couleur blanche, symbole de l'Église catholique. Il constitue ainsi un appel à l'union dans la Résistance, par-delà les clivages politiques ou religieux, afin de se battre pour une même cause: la libération de la France.

> *À Gabriel Péri et d'Estienne d'Orves*
> *comme à Guy Môquet et Gilbert Dru*[1]

Celui qui croyait au ciel
Celui qui n'y croyait pas
Tous deux adoraient la belle
Prisonnière des soldats[2]

---

1. Il s'agit de quatre résistants, fusillés pendant la Seconde Guerre mondiale. Parmi eux figurent deux catholiques et deux communistes.
2. La belle / Prisonnière des soldats: la France occupée par les Allemands.

5 Lequel montait à l'échelle
Et lequel guettait en bas
Celui qui croyait au ciel
Celui qui n'y croyait pas
Qu'importe comment s'appelle
10 Cette clarté sur leur pas
Que l'un fût de la chapelle
Et l'autre s'y dérobât
Celui qui croyait au ciel
Celui qui n'y croyait pas
15 Tous les deux étaient fidèles
Des lèvres du cœur des bras
Et tous les deux disaient qu'elle
Vive et qui vivra verra
Celui qui croyait au ciel
20 Celui qui n'y croyait pas
Quand les blés sont sous la grêle
Fou qui fait le délicat
Fou qui songe à ses querelles
Au cœur du commun combat
25 Celui qui croyait au ciel
Celui qui n'y croyait pas
De haut de la citadelle
La sentinelle[1] tira
Par deux fois et l'un chancelle[2]
30 L'autre tombe qui mourra
Celui qui croyait au ciel
Celui qui n'y croyait pas
Ils sont en prison lequel
A le plus triste grabat[3]
35 Lequel plus que l'autre gèle
Lequel préfère les rats

---

1. Sentinelle: garde.
2. Chancelle: vacille, perd l'équilibre.
3. Grabat: mauvais lit.

Celui qui croyait au ciel
Celui qui n'y croyait pas
Un rebelle est un rebelle
40 Nos sanglots font un seul glas[1]
Et quand vient l'aube cruelle
Passent de vie à trépas[2]
Celui qui croyait au ciel
Celui qui n'y croyait pas
45 Répétant le nom de celle
Qu'aucun des deux ne trompa
Et leur sang rouge ruisselle
Même couleur même éclat
Celui qui croyait au ciel
50 Celui qui n'y croyait pas
Il coule il coule et se mêle
À la terre qu'il aima
Pour qu'à la saison nouvelle
Mûrisse un raisin muscat
55 Celui qui croyait au ciel
Celui qui n'y croyait pas
L'un court et l'autre a des ailes
De Bretagne ou du Jura
Et framboise ou mirabelle
60 Le grillon rechantera
Dites flûte ou violoncelle
Le double amour qui brûla
L'alouette et l'hirondelle
La rose et le réséda

Louis Aragon, « La Rose et le Réséda », *La Diane française* [1946]
dans *Poésies complètes*, Gallimard, « Poésie », 2006.
© Seghers, 1946.

---

1. Glas : cloche d'église qui annonce la mort de quelqu'un.
2. Trépas : mort.

Vercors, *Le Silence de la mer*

Vercors est le pseudonyme que Jean Bruller (1902-1991) adopta lorsqu'il s'engagea dans la Résistance. Dans sa nouvelle *Le Silence de la mer*, publiée clandestinement en 1942, une famille française forcée d'héberger un soldat allemand décide, en guise de résistance ordinaire, de garder le silence face à lui.

Depuis ce jour, ce fut le nouveau mode de ses visites. Nous ne le vîmes plus que rarement en tenue. Il se changeait d'abord et frappait ensuite à notre porte. Était-ce pour nous épargner la vue de l'uniforme ennemi ? Ou pour nous le faire oublier, – pour nous habituer à sa personne ? Les deux, sans doute. Il frappait, et entrait sans attendre une réponse qu'il savait que nous ne donnerions pas. Il le faisait avec le plus candide naturel, et venait se chauffer au feu, qui était le prétexte constant de sa venue, – un prétexte dont ni lui ni nous n'étions dupes, dont il ne cherchait pas même à cacher le caractère commodément conventionnel.

Il ne venait pas absolument chaque soir, mais je ne me souviens pas d'un seul où il nous quittât sans avoir parlé. Il se penchait sur le feu, et tandis qu'il offrait à la chaleur de la flamme quelque partie de lui-même, sa voix bourdonnante s'élevait doucement, et ce fut au long de ces soirées, sur les sujets qui habitaient son cœur, – son pays, la musique, la France, – un interminable monologue ; car pas une fois il ne tenta d'obtenir de nous une réponse, un acquiescement, ou même un regard. Il ne parlait pas longtemps, – jamais beaucoup plus longtemps que le premier soir. Il prononçait quelques phrases, parfois brisées de silence, parfois s'enchaînant avec la continuité monotone d'une prière. Quelquefois immobile contre la cheminée, comme une cariatide[1], quelquefois s'approchant, sans s'interrompre, d'un objet, d'un dessin au mur. Puis il se taisait, il s'inclinait et nous souhaitait une bonne nuit.

Vercors, *Le Silence de la mer* [1942], Le Livre de poche, 1967.
© Albin Michel.

---

1. Cariatide : statue de femme soutenant une colonne sur sa tête.

Joseph Kessel, *L'Armée des ombres*

Joseph Kessel (1898-1979), reporter de guerre et écrivain, s'engage dans la Résistance dès 1940. Depuis Londres, il compose avec son neveu, Maurice Druon, *Le Chant des partisans*, qui deviendra l'hymne de la Résistance. Dans *L'Armée des ombres*, écrit en 1943, il s'inspire de témoignages de résistants et leur rend hommage à travers les récits de leurs combats clandestins pour la liberté.

Comment cela s'est fait, je n'en sais rien, disait Gerbier. Je pense que personne ne le saura jamais. Mais un paysan a coupé un fil téléphonique de campagne. Une vieille femme a mis sa canne dans les jambes d'un soldat allemand. Des tracts ont circulé. Un abatteur[1] de La Villette a jeté dans la chambre froide un capitaine qui réquisitionnait la viande avec trop d'arrogance. Un bourgeois donne une fausse adresse aux vainqueurs qui demandent leur chemin. Des cheminots[2], des curés, des braconniers, des banquiers, aident les prisonniers évadés à passer par centaines. Des fermiers abritent des soldats anglais. Une prostituée refuse de coucher avec les conquérants. Des officiers, des soldats français, des maçons, des peintres, cachent des armes. Tu ne connais rien de tout cela. Tu étais ici. Mais pour celui qui a senti cet éveil, ce premier frémissement, c'était la chose la plus émouvante au monde. C'était la sève de la liberté, qui commençait à sourdre[3] à travers la terre française. Alors les Allemands et leurs serviteurs et le vieillard[4], ont voulu extirper la plante sauvage. Mais plus ils en arrachaient, et mieux elle poussait. Ils ont empli les prisons. Ils ont multiplié les camps. Ils se sont affolés. Ils ont enfermé le colonel, le voyageur de commerce, le pharmacien. Et ils ont eu encore plus d'ennemis. Ils ont fusillé. Or, c'était de sang que la plante avait surtout besoin pour croître et se

---

1. Abatteur : ouvrier travaillant dans un abattoir.
2. Cheminot : employé des chemins de fer.
3. Sourdre : sortir lentement.
4. Allusion au maréchal Pétain*, alors âgé de 87 ans, et qui, à travers le régime de Vichy*, collabore activement avec l'Allemagne nazie.

répandre. Le sang a coulé. Le sang coule. Il va couler à flots.
Et la plante deviendra forêt.

[…] Celui qui entre en résistance vise l'Allemand. Mais en même temps il frappe Vichy et son vieillard, et les séides[1] de vieillard, et le directeur de notre camp, et les gardiens que tu vois chaque jour à l'ouvrage. La résistance, elle est tous les hommes français qui ne veulent pas qu'on fasse de la France des yeux morts, des yeux vides.

Joseph Kessel, L'Armée des ombres [1943], Pocket, 2001.

Romain Gary, *Éducation européenne*

De son vrai nom Roman Kacew, Romain Gary (1914-1980) est un écrivain et diplomate français d'origine polonaise. *Éducation européenne* est son premier roman, écrit en 1943, alors qu'il est lui-même engagé comme aviateur dans un groupe de résistants. Tandis que les combats font rage sur le front est, le jeune Janek se cache dans la forêt. Il sert d'agent de liaison à un groupe de résistants polonais.

Des hommes affamés et affaiblis vivaient tapis[2] au cœur de la forêt. On les appelait « partisans » dans les villes; « verts » dans les campagnes. Depuis longtemps, ces hommes ne se battaient plus que contre la faim, le froid et le désespoir. Leur seul souci était de survivre. Ils vivotaient par petits groupes de six ou sept, dans les cachettes creusées dans la terre, dissimulées sous des broussailles, pareils à des bêtes traquées. Les vivres[3] étaient difficiles, souvent impossibles à obtenir. Les « verts » qui avaient des parents ou des amis dans la région arrivaient seuls à se nourrir: les autres mouraient de faim ou bien sortaient de la forêt pour se faire tuer. Le groupe de Czerw et Krylenko était un des plus vivants, des moins résignés. Il était

---

1. **Séides**: personnes prêtes à exécuter aveuglément tous les ordres d'un maître.
2. **Tapis**: cachés.
3. **Les vivres**: la nourriture.

commandé par un jeune officier de cavalerie, le lieutenant Jablonski. C'était un grand garçon blond qui toussait beaucoup et crachait du sang : il avait reçu un éclat d'obus dans un poumon pendant la campagne de Pologne. Il avait conservé sa capote militaire et son képi[1] carré de cavalerie ; la longue visière mettait toujours une ombre sur son visage. Lorsqu'on lui présenta Janek, il demanda :

« Quel âge as-tu ?
– Quatorze ans. »

Le lieutenant le regarda longuement de ses yeux enfoncés, brûlants, torturés par la fièvre.

« Veux-tu faire quelque chose pour moi ?
– Oui.
– Tu connais Wilno[2] ?
– Oui.
– Bien ?
– Oui. »

Le lieutenant hésita, parut lutter contre lui-même, regarda autour de lui…

« Viens dans le bois. »

Il emmena Janek dans un taillis.

« Prends cette lettre. Porte-la à l'adresse. Elle est marquée sur l'enveloppe. Tu sais lire ?
– Oui.
– Bien. Ne te fais pas prendre.
– Non.
– Attends la réponse.
– Bien.

Le lieutenant regarda soudain de côté. Il dit d'une voix sourde :
– N'en parle à personne, ici.
– Je n'en parlerai pas. »

---

1. Capote, képi : manteau et chapeau militaires.
2. Wilno : Vilnius, ville d'actuelle Lituanie, entre la Pologne et la Biélorussie, où est né Romain Gary.

Janek mit la lettre dans sa poche et partit aussitôt. Il arriva à Wilno à la tombée de la nuit. Les rues étaient pleines de soldats allemands, les camions passaient avec fracas sur les gros pavés, projetaient la boue sur les trottoirs de bois.

Romain Gary, *Éducation européenne* [1945], Gallimard, «Folio», 1972.

Agnès Humbert, *Notre guerre. Souvenirs de Résistance*

Agnès Humbert (1894-1963) est une critique d'art, qui entre en résistance en 1940 : elle participe avec d'autres intellectuels au réseau du musée de l'Homme, à l'origine du journal clandestin *Résistance*. Arrêtée et déportée en Allemagne en 1942, elle est libérée en 1945. *Notre guerre. Souvenirs de Résistance*, publié en 1946, est le titre de ses mémoires, dans lesquels elle retrace ses années de guerre et livre ainsi le récit quotidien de sa lutte contre l'occupant. Dans l'extrait suivant, elle relate ses derniers instants en France, avant le départ pour l'Allemagne.

Prison de Fresnes[1], 18 février 1942

Ce matin, mon gardien autrichien vient me chercher dès huit heures. Il me dit que je suis attendue à Paris. Non, je dois laisser ma valise. Que veut-on de moi ? Il l'ignore. On me fait monter dans un camion, plusieurs soldats nous accompagnent. Ils sont rieurs, bon enfant ; on nous conduit à l'hôtel Crillon[2]. Quelle joie de revoir la place de la Concorde ! […] On me fait entrer dans un petit bureau. Deux officiers y sont avec le procureur. Il est mielleux, insinuant[3]. Il me fait avancer un fauteuil, m'offre des cigarettes que je refuse,

---

1. Cette prison fut utilisée par les nazis pendant la Seconde Guerre mondiale pour emprisonner les résistants, avant qu'ils ne soient exécutés ou déportés.
2. Hôtel Crillon : siège du gouverneur militaire allemand en France, place de la Concorde, à Paris.
3. Il est mielleux, insinuant : il se montre faussement aimable, il fait des allusions sournoises.

naturellement. En quelques mots, il me fait dire que je vais partir pour l'Allemagne, que la vie là-bas sera dure, très dure, mais que mon jugement n'est pas définitif, pas définitif du tout ; en insistant lourdement, on m'assure que je peux encore tout arranger. Il me fait rappeler que j'avais déclaré ne pas avoir rédigé *Résistance* ; alors, si cela est vrai, qui rédigeait *Résistance* ? Je dois le savoir, mais oui, ils sont bien persuadés que je suis au courant de tout. Je réponds qu'en effet, je sais parfaitement qui étaient les rédacteurs de *Résistance*.

« Alors, dit-il avec je ne sais quelle expression de triomphe dans ses sales petits yeux en boule de loto, alors ?...

– Alors, que feriez-vous à ma place ?

Il sourit.

– Vous souriez, je fais comme vous, je souris...

– Vous ne voulez rien changer à votre jugement ?

– Rien.

– Ce n'était pas la peine de vous faire venir ici !

– Si. J'ai vu la place de la Concorde, je vous remercie de m'avoir fait ce plaisir avant de quitter la France. »

Agnès Humbert, *Notre guerre. Souvenirs de Résistance* [1946], Tallandier, « Contemporains », 2004.

Michel Quint, *Effroyables jardins*

Paru en 2000, *Effroyables jardins* est le récit que Michel Quint (né en 1949) a dédié à son père, ancien résistant. Le narrateur est un adolescent dont le père, instituteur, ne manque jamais une occasion de se déguiser en clown, au grand désarroi de son fils. Un soir, Gaston, un cousin de la famille, révèle au jeune homme le sens de cette étrange vocation et lui raconte ce qui leur est arrivé, à son père et à lui, pendant la Seconde Guerre mondiale. Pris en otages avec deux autres personnes, pour avoir saboté un train allemand, ils attendent, au fond d'un trou, d'être fusillés, sous la surveillance d'un soldat allemand, Bernd, clown dans le civil.

Donc on s'est retrouvés à quatre. Sur les trois heures d'après-manger, avec justement rien à manger, la tremblote de froid et d'humidité. Et soixante-douze heures à vivre. Et pas grand-chose à se dire parce que, forcément, si on avait avoué le transfo[1], ton père et moi, les deux autres l'auraient eu mauvaise de nous devoir l'enfer et sûrement ils auraient quand même tenté le coup de nous dénoncer. À qui, tu vas dire. Vu qu'à écouter le silence autour, les oiseaux et ce qui courait de bestioles peureuses alentour de notre trou, on était seuls en rase campagne. Peut-être même qu'on nous oublierait ? Qu'on pourrait s'affairer tranquilles à s'évader… Ça nous a traversés, l'idée qu'on pouvait y croire.

On ne l'a pas cru longtemps.

Parce qu'il faisait encore jour quand de la terre a boulé le long de la paroi, à l'ouest. On a levé le nez et il était là. Dos au crachin, jambes pendantes dans ses bonnes bottes, fusil en bandoulière, la capote bien boutonnée, assis sur des sacs, au bord de notre trou. Casque à ras le sourcil et un sourire large et benêt[2] tu peux pas savoir comment. Notre gardien. Finalement, ils nous en avaient envoyé un. Un demeuré des tourbières, un simplet ! Sûrement parce qu'il était infoutu de faire autre chose ! En tout cas, même gardés par un niais, pour l'évasion on était refaits !

Il nous regardait croupir[3], comme ça, d'en haut, les mains aux genoux. Et tout d'un coup, tu sais pas, il nous a fait une grimace ! Une grosse, une de gosse, les yeux tout riboulés[4], et la bouche bouffée en cul de dindon ! On en est restés comme deux ronds ! Il nous aurait insultés, bombardés de cailloux, pissé dessus, c'était dans l'ordre, rien à redire. Mais là, se payer la figure d'otages, faire le même pour des hommes qui vont mourir, c'était indigne, insupportable ! On a commencé à

---

1. **Le transfo**: le transformateur saboté par les résistants.
2. **Benêt**: bête.
3. **Croupir**: pourrir.
4. **Riboulés**: ronds et mobiles.

essayer de lui jeter des mottes de glaise[1] mais ça ne servait à rien : elles nous retombaient en pleine poire ! Et, par-dessus le marché, l'ostrogoth[2] sort son briquet, son casse-croûte ! Juste un quignon[3]... Mais tu parles qu'on salivait devant ! Et toujours d'une façon à pas croire, avec des efforts énormes, comme si sa poche elle avait trois kilomètres de profond, qu'il y avait des bêtes dedans qui lui mordaient les doigts ! Il poussait des kaïk kaïk, des petits cris de frayeur ! Alors là c'était vraiment trop ! Jouer comme ça avec la nourriture devant des affamés, nous narguer : on l'aurait tué ! On pouvait pas s'empêcher, on était là, à baver devant le manger, à se dire que ce salaud se payait notre fiole[4] et qu'on allait y passer... Mais en même temps, tu penses ce que tu veux, qu'on était des inconscients, des moins que rien ou quoi, mais en même temps on n'a pas pu tenir, ni les autres, ni moi. Je crois que ton père a rigolé le premier de la dégaine de notre gardien et on n'a plus résisté. On a tous pété de rigolade. Ah, ah ah !

Plus on se bidonnait, là au fond, plus lui, il avait du mal à tirer son pain de sa poche. À peine sorti, à peine il avançait les dents pour surprendre la tartine qui pointait, sa capote[5] la lui réavalait et il en gémissait, se mordait les doigts, faisait semblant de prendre son parti, de plus penser à manger, rêvassait trois secondes, et puis hop, tout d'un coup, par surprise, il remontait à l'assaut de sa poche ! Jamais j'ai tant ri, ton père non plus, je le sais. La chasse à la tartine ! On en avait les larmes aux yeux. Et jamais on n'a pleuré avec autant de plaisir.

Qu'on allait crever, on n'y pensait plus. Non, on n'y pensait plus, on était encore des gamins à ce point et, lui, il était rigolo à ce point.

Michel Quint, *Effroyables jardins* [2000], Gallimard, « Folio », 2004.
© Éditions Joëlle Losfeld, 2000.

---

1. **Glaise** : terre.
2. **Ostrogoth** : ici, personne étrange et grossière.
3. **Quignon** : morceau de pain.
4. **Se payait notre fiole** : se moquait de nous (familier).
5. **Capote** : manteau militaire.

Groupement 2
Poèmes et chansons contre la guerre, d'hier à aujourd'hui

Agrippa d'Aubigné, *Les Tragiques*

Dans *Les Tragiques*, Théodore Agrippa d'Aubigné (1552-1630) dénonce les massacres causés par les guerres de Religion au XVIe siècle. Le poète compare ici catholiques et protestants à des jumeaux qui se battent pour le lait de leur mère, la France.

Je veux peindre la France une mère affligée,
Qui est entre ses bras de deux enfants chargée.
Le plus fort, orgueilleux, empoigne les deux bouts
Des tétins nourriciers ; puis, à force de coups
5 D'ongles, de poings, de pieds, il brise le partage
Dont nature donnait à son besson[1] l'usage ;
Ce voleur acharné, cet Esaü malheureux[2],
Fait dégât du doux lait qui doit nourrir les deux. […]
Ni les soupirs ardents, les pitoyables cris,
10 Ni les pleurs réchauffés, ne calment leurs esprits ;
Mais leur rage les guide et leur poison les trouble,
Si bien que leur courroux[3] par leurs coups se redouble.
Leur conflit se rallume et fait si furieux
Que d'un gauche malheur[4] ils se crèvent les yeux.
15 Cette femme éplorée, en sa douleur plus forte,
Succombe à la douleur, mi-vivante, mi-morte ; […]
Puis, aux derniers abois[5] de sa proche ruine,

---

1. **Besson** : jumeau.
2. Dans la Bible, les jumeaux Esaü et Jacob se disputent l'héritage de leur père.
3. **Courroux** : colère.
4. **Gauche malheur** : maladresse désastreuse.
5. **Aux derniers abois** : tout près.

Elle dit : « Vous avez, félons[1], ensanglanté
Le sein qui vous nourrit et qui vous a porté ;
20 Or vivez de venin, sanglante géniture[2],
Je n'ai plus que du sang pour votre nourriture ! »

Agrippa d'Aubigné, *Les Tragiques* [1615], GF-Flammarion, 1991.

Victor Hugo, *Bêtise de la guerre*

L'Année terrible est un recueil de poèmes publié en 1872 par Victor Hugo (1802-1885). « L'année terrible », c'est 1870, qui voit la France dévastée par la guerre avec la Prusse, mais aussi par une guerre civile qui oppose, à Paris, les communards à l'État français. Dans ce poème, Victor Hugo s'adresse directement à la guerre, personnifiée et présentée sous les traits d'une monstrueuse géante.

Ouvrière sans yeux, Pénélope[3] imbécile,
Berceuse du chaos où le néant oscille,
Guerre, ô guerre occupée au choc des escadrons[4],
Toute pleine du bruit furieux des clairons[5],
5 Ô buveuse de sang, qui, farouche, flétrie,
Hideuse[6], entraîne l'homme en cette ivrognerie…
Folle immense, de vent et de foudre armée,
À quoi sers-tu, géante, à quoi sers-tu fumée,
Si tes écroulements reconstruisent le mal,
10 Si pour le bestial tu chasses l'animal,
Si tu ne sais, dans l'ombre où ton hasard se vautre[7],
Défaire un empereur que pour en faire un autre ?

Victor Hugo, « Bêtise de la guerre », *L'Année terrible* [1872].

---

1. **Félons** : traîtres.
2. **Or** : à présent ; **géniture** : progéniture, enfants.
3. Pénélope, dans *L'Odyssée* d'Homère (VIIIᵉ siècle av. J.-C.), défaisait la nuit la tapisserie qu'elle brodait le jour, si bien que son ouvrage n'était jamais achevé et que ce prétexte lui permit d'écarter ses prétendants en attendant le retour de son mari, Ulysse.
4. **Escadrons** : armées.
5. **Clairons** : trompettes.
6. **Farouche, flétrie / Hideuse** : sauvage, abîmée / Laide.
7. **Se vautre** : s'abandonne (familier).

Guillaume Apollinaire, *La Colombe poignardée et le Jet d'eau*

Poète français, ami de Pablo Picasso, Guillaume Apollinaire (1880-1918) est notamment célèbre pour ses calligrammes, poèmes visuels auxquels il donne ce nom. Blessé pendant la Première Guerre mondiale, il meurt de la grippe espagnole en 1918. Son recueil, sous-titré *Poèmes de la guerre et de la paix*, rassemble des écrits de 1913 à 1916. Il reprend, dans ce calligramme, le motif de la colombe, symbole de la paix universelle.

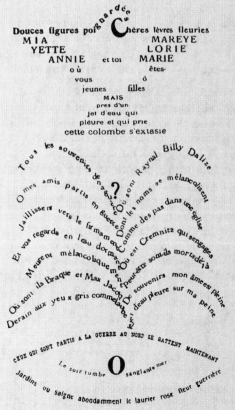

Guillaume Apollinaire, « La Colombe poignardée et le Jet d'eau », *Calligrammes* [1918], Belin-Gallimard, « Classico », 2008.

Robert Desnos, *Ce cœur qui haïssait la guerre...*

Robert Desnos (1900-1945) est un poète français engagé dans la Résistance durant la Seconde Guerre mondiale. Arrêté en 1944 et déporté, il meurt en camp de concentration, le 8 juin 1945, un mois après la victoire des Alliés. Ce poème fut publié pour la première fois en 1943, sous un pseudonyme, afin de protéger la véritable identité du poète.

    Ce cœur qui haïssait la guerre voilà qu'il bat pour le combat et la bataille !
    Ce cœur qui ne battait qu'au rythme des marées, à celui des saisons, à celui des heures du jour et de la nuit,
5   Voilà qu'il se gonfle et qu'il envoie dans les veines un sang brûlant de salpêtre[1] et de haine
    Et qu'il mène un tel bruit dans la cervelle que les oreilles en sifflent
    Et qu'il n'est pas possible que ce bruit ne se répande pas
10   dans la ville et la campagne
    Comme le son d'une cloche appelant à l'émeute et au combat.
    Écoutez, je l'entends qui me revient renvoyé par les échos.
    Mais non, c'est le bruit d'autres cœurs, de millions d'autres cœurs battant comme le mien à travers la France.
15   Ils battent au même rythme pour la même besogne tous ces cœurs,
    Leur bruit est celui de la mer à l'assaut des falaises
    Et tout ce sang porte dans des millions de cervelles un même mot d'ordre :
20   Révolte contre Hitler et mort à ses partisans !
    Pourtant ce cœur haïssait la guerre et battait au rythme des saisons,
    Mais un seul mot : Liberté a suffi à réveiller les vieilles colères

---

1. Salpêtre : substance utilisée pour fabriquer des explosifs.

Et des millions de Français se préparent dans l'ombre à la besogne que l'aube proche leur imposera[1].

Car ces cœurs qui haïssaient la guerre battaient pour la liberté au rythme même des saisons et des marées, du jour et de la nuit.

Robert Desnos, « Ce cœur qui haïssait la guerre… » [1943, sous le pseudonyme de Pierre Andier], repris dans *Destinée arbitraire*, Gallimard, « Poésie », 1975.

Boris Vian, *Le Déserteur*

Dans ce véritable manifeste, l'écrivain français Boris Vian (1920-1959) affirme son refus de la guerre. Diffusée pour la première fois à la radio en 1954, le jour de la défaite de l'armée française à Diên Biên Phu, pendant la guerre d'Indochine, la chanson a immédiatement été censurée.

Monsieur le président
Je vous fais une lettre
Que vous lirez peut-être
Si vous avez le temps

Je viens de recevoir
Mes papiers militaires
Pour partir à la guerre
Avant mercredi soir

Monsieur le président
Je ne veux pas la faire
Je ne suis pas sur terre
Pour tuer de pauvres gens

---

1. Allusions aux résistants qui préparent le débarquement des Alliés et la Libération.

C'est pas pour vous fâcher
Il faut que je vous dise
15 Ma décision est prise
Je m'en vais déserter

Depuis que je suis né
J'ai vu mourir mon père
J'ai vu partir mes frères
20 Et pleurer mes enfants

Ma mère a tant souffert
Qu'elle est dedans sa tombe
Et se moque des bombes
Et se moque des vers

25 Quand j'étais prisonnier,
On m'a volé ma femme,
On m'a volé mon âme,
Et tout mon cher passé

Demain de bon matin
30 Je fermerai ma porte
Au nez des années mortes,
J'irai sur les chemins

Je mendierai ma vie
Sur les routes de France,
35 De Bretagne en Provence
Et je dirai aux gens

Refusez d'obéir,
Refusez de la faire,
N'allez pas à la guerre,
40 Refusez de partir

S'il faut donner son sang,
Allez donner le vôtre,
Vous êtes bon apôtre
Monsieur le président

45 Si vous me poursuivez,
Prévenez vos gendarmes
Que je n'aurai pas d'armes
Et qu'ils pourront tirer

Le Déserteur, paroles de Boris Vian, musique de Boris Vian et Harold Berg.
© Éditions musicales DJANIK.

Renaud, *Manhattan-Kaboul*

Cette chanson de Renaud (né en 1952), en duo avec Axelle Red, a été écrite peu de temps après les attentats du 11 septembre 2001 à New York et le début d'un nouveau conflit en Afghanistan. Le chanteur dénonce la violence de la guerre et donne la parole aux jeunes victimes innocentes qui la subissent en tout point de la planète.

Petit Portoricain
Bien intégré, quasiment new-yorkais
Dans mon building tout de verre et d'acier
Je prends mon job, un rail de coke, un café

5 Petite fille afghane
De l'autre côté de la terre
Jamais entendu parler de Manhattan
Mon quotidien c'est la misère et la guerre

Refrain
Deux étrangers au bout du monde, si différents
10 Deux inconnus, deux anonymes, mais pourtant
Pulvérisés sur l'autel
De la violence éternelle

Un 747
S'est explosé dans mes fenêtres
15 Mon ciel si bleu est devenu orage
Lorsque les bombes ont rasé mon village

Refrain

So long[1] ! Adieu mon rêve américain
Moi plus jamais esclave des chiens
Ils t'imposaient l'islam des tyrans
20 Ceux-là ont-ils jamais lu le Coran ?

Suis redev'nu poussière
Je s'rai pas maître de l'univers
Ce pays que j'aimais tell'ment serait-il
Finalement colosse aux pieds d'argile[2] ?

25 Les dieux, les religions
Les guerres de civilisation
Les armes, les drapeaux, les patries, les nations
F'ront toujours de nous de la chair à canon

Refrain (2×)

Renaud, « Manhattan-Kaboul », 2002.
Paroles : R. Séchan, musique : J.-P. Bucolo.
© Virgin Records.

---

1. *So long* : salut, adieu, en anglais (familier).
2. Colosse aux pieds d'argile : expression tirée de la Bible, désignant une force qui n'est qu'apparente puisqu'elle s'appuie sur des fondations fragiles.

Questions sur les groupements de textes

■ Résister en littérature

1. Classez les extraits du groupement de textes en fonction du genre littéraire auquel ils appartiennent. Lequel vous paraît le plus efficace pour sensibiliser les lecteurs à la cause et au quotidien des résistants ?

> Mémoires   Poésie   Roman   Théâtre

2. Relevez les différents actes de résistance que font les hommes et les femmes dans les textes du groupement. Lequel vous paraît le plus courageux ? Justifiez votre réponse.

■ Poèmes et chansons contre la guerre, d'hier à aujourd'hui

1. Complétez le tableau suivant.

	Époque	Conflit dénoncé	Arguments de l'auteur
Agrippa d'Aubigné, *Les Tragiques*			
Victor Hugo, *Bêtise de la guerre*			
Guillaume Apollinaire, *La Colombe poignardée et le Jet d'eau*			
Robert Desnos, *Ce cœur qui haïssait la guerre...*			
Boris Vian, *Le Déserteur*			
Renaud, *Manhattan - Kaboul*			

2. Citez d'autres titres de chansons engagées contemporaines que vous appréciez. Précisez leur thème et la thèse de leur auteur, et justifiez votre choix.

Autour de l'œuvre

Interview imaginaire de Louis Aragon

▶▶ *Louis Aragon, pouvez-vous nous parler de votre jeunesse ?*

J'ai vécu une enfance assez particulière. Je serais né le 3 octobre 1897 à Paris, ou peut-être à Neuilly ou à Toulon, le mystère plane encore... Mon acte de baptême mentionne même une naissance à Madrid ! En fait, l'histoire d'amour de mes parents n'était pas officielle : mon père, Louis Andrieux, ancien ambassadeur de France en Espagne, était déjà marié. Il a donc décidé de faire croire que ma mère adoptive était ma grand-mère

Louis Aragon (1897-1982)

maternelle, tandis que lui passait pour mon parrain. Oui, je sais, c'est un peu compliqué ! Mon nom de famille, Aragon, a été choisi par mon père en souvenir de l'Aragon, une région espagnole. Je n'ai appris la vérité sur mes origines que lors de mon départ pour la guerre, en 1918.

▶▶ *Avez-vous toujours voulu être écrivain ?*

Oui et non ! Après avoir passé mon baccalauréat latin-sciences, je me suis inscrit en 1916 à la faculté de médecine, surtout pour faire plaisir à ma famille. Mais j'ai toujours eu le goût de l'écriture. Grâce à mon travail à l'hôpital du Val-de-Grâce, à Paris, j'ai rencontré André Breton, en 1917, qui devint peu de temps après le chef de file du mouvement surréaliste. En 1919, nous avons fondé, avec Philippe Soupault, la revue *Littérature*.

▶▶ *Quelle influence la guerre a-t-elle eue sur votre vie, vous qui avez vécu les deux conflits mondiaux qui ont agité le XXe siècle ?*

La guerre a eu une influence énorme sur ma vie et sur mes écrits. Lors de la Première Guerre mondiale, je fus envoyé tardivement au front, en 1918, comme médecin-auxiliaire. Mais cette expérience est bien suffisante, croyez-moi, pour connaître les horreurs de la guerre ! Pendant la Seconde Guerre mondiale, j'ai soutenu la Résistance. J'ai publié de nombreux textes engagés, notamment des poèmes que vous connaissez peut-être, comme *La Rose et le Réséda* (voir Groupements de textes 1, p. 107-109).

▶▶ *Vous n'avez donc pas écrit sur votre expérience au front lors de la Première Guerre mondiale ?*

Après mon expérience de la Première Guerre mondiale, j'ai voulu oublier tout cela, ne plus en parler. Nous étions plusieurs dans ce cas-là. *D'autant qu'il y avait une exploitation commerciale de la guerre par la littérature, un faux air sacré donné à tout ce que quiconque y avait mis les pieds en disait [...] À dire vrai, cette attitude était dictée plus que par la haine de la guerre, par la haine de la littérature de guerre, il faut bien en convenir* [1].

---

1. Les passages en italique sont extraits de l'œuvre de Louis Aragon, *Pour expliquer ce que j'étais*, Gallimard, « Blanche », 1989 [posth].

▶▶ *Vous avez pourtant changé d'avis lors de la Seconde Guerre mondiale !*

Oui, deux rencontres importantes, et l'expérience de l'âge, m'ont fait changer d'avis sur la littérature de guerre. J'ai d'abord adhéré au Parti communiste, en 1927, comme beaucoup de membres du groupe surréaliste auquel j'appartenais. Et surtout, j'ai rencontré une femme merveilleuse, écrivaine et communiste elle aussi : Elsa Triolet. Nous nous sommes mariés en 1939, et, dès lors, j'ai oscillé dans mes écrits entre littérature engagée contre la guerre et poèmes d'amour consacrés à Elsa. C'est à cette époque, par exemple, que j'ai rédigé les nouvelles que vous venez de lire.

▶▶ *Quelles sont vos influences littéraires ?*

Arthur Rimbaud est incontestablement la figure littéraire qui m'a le plus inspiré. Lorsque j'ai dû aller servir l'armée, pendant la Première Guerre mondiale, j'ai emporté avec moi ses recueils *Illuminations* et *Une saison en enfer*. Ils étaient au front ma lecture quotidienne, mon refuge, ma revanche. [...] Je revois la tête de mon capitaine, à cette aube d'août 1918, devant Oulchy-la-Ville (si ce n'est Oulchy-le-Château), me trouvant à l'heure de l'attaque, avec mon masque à gaz, mon livre en main : « Qu'est-ce que vous lisez là ? » C'était « Vertige » :

Tout à la vengeance, à la fureur, mon âme[1]

▶▶ *Comment expliquez-vous le succès toujours actuel de vos œuvres ?*

Aujourd'hui plus que jamais, les gens ont besoin de s'engager, de défendre leurs libertés, de « monter au front », même si c'est de manière plus figurée. Dès les années 1950, de nombreux chanteurs se sont emparés de mon œuvre poétique pour lui donner une autre force : Léo Ferré, Jean Ferrat, Georges Brassens, Barbara. Après ma mort, survenue à Paris en 1982, d'autres artistes ont continué à faire vivre mes poèmes comme Bernard Lavilliers ou le groupe La Tordue. Et cela me réjouit !

---

1. La citation exacte est : « Tout à la guerre, à la vengeance, à la terreur / Mon esprit ! » (Arthur Rimbaud, « *Qu'est-ce que pour nous, mon cœur...* », *Derniers vers*, 1872).

Contexte historique et culturel

L'entre-deux-guerres et la naissance du surréalisme

Après la Première Guerre mondiale, qui causa la mort de milliers de jeunes soldats français, la jeunesse est désenchantée, traumatisée par ce qu'elle a vécu dans les tranchées. Elle ne croit plus aux valeurs bourgeoises et vieillissantes qui régissent la France après l'armistice de 1918.

Parallèlement, une nouvelle génération d'auteurs se regroupe et donne naissance au surréalisme. Ce mouvement littéraire et artistique exprime avec une radicalité surprenante son refus des valeurs traditionnelles, aussi bien littéraires que politiques, et cherche dans l'exploration de l'inconscient de nouveaux repères. En 1924, André Breton publie le *Manifeste du surréalisme*, dans lequel il dénonce le réalisme, le bon sens et la logique qui endoctrinent les esprits. L'objectif poursuivi par les membres du mouvement, dont Louis Aragon, est de briser cette culture de la soumission, renforcée par les États policiers, qui prennent une force nouvelle durant l'entre-deux-guerres, mais aussi par la religion et ses dogmes. À cette époque, Louis Aragon est farouchement anticlérical, ce qui ne sera plus le cas lorsqu'il rencontrera des prêtres résistants lors de la Seconde Guerre mondiale.

La montée des totalitarismes en Europe

Dès qu'Adolf Hitler* accède, légalement, au pouvoir en 1933, en devenant chancelier de l'Allemagne, il met fin au régime démocratique de la République de Weimar. Il commence à diffuser, par la propagande*, les thèses racistes et antisémites* du nazisme* et ouvre le premier camp de concentration* à Dachau, dans lequel seront d'abord déportés tous les opposants au régime. On assiste ainsi à une montée des régimes autoritaires en Europe, avec l'arrivée au pouvoir de Benito Mussolini*, en Italie, et celle du général Franco*, en Espagne.

C'est à cette époque que certains intellectuels français se rallient au marxisme, théorie communiste* inspirée des écrits du philosophe allemand Karl Marx (1818-1883). Les surréalistes suivront le mouvement, avant de s'en séparer. Louis Aragon, avec sa femme Elsa Triolet, s'engage durablement auprès des communistes, partageant avec eux une forme d'idéal : dévouement pour le bien commun, lutte des classes, liberté de la nation et solidarité entre les peuples. Mais très vite, certains communistes se détacheront du Parti qui, sous l'influence de Joseph Staline*, au pouvoir en URSS depuis 1924, deviendra le fer de lance d'un autre régime totalitaire.

L'appel à la résistance

En août 1939, avant même le début de la Seconde Guerre mondiale, Louis Aragon publie dans le journal communiste dont il est rédacteur en chef, un article dans lequel il appelle au ralliement des communistes contre l'Allemagne nazie. Dès le mois suivant, Adolf Hitler attaque la Pologne ; la « drôle de guerre » commence. Louis Aragon est alors envoyé, en tant que médecin-auxiliaire, sur la ligne de front.

À partir de 1940, et la signature d'un armistice*, la France, dirigée par le maréchal Pétain* depuis Vichy, est divisée en deux zones* : une zone non-occupée, au sud, et une zone occupée, au nord, sous contrôle de l'armée allemande. Le régime de Vichy* s'engage très vite dans la voie de la collaboration. À la suite du débarquement des troupes alliées* en Afrique du Nord, la zone non-occupée est envahie par les Allemands. Le 18 juin 1940, le général de Gaulle* lance un appel à la radio, depuis Londres, pour résister contre l'occupant allemand. Progressivement, la Résistance* s'organise pour défendre une France libre. Différents modes d'action clandestine sont mis en place tels que le sabotage ou la diffusion de messages à la radio. Certains résistants, mis hors la loi par leurs actions, trouvent refuge dans le maquis*.

L'engagement des écrivains dans la Résistance

Dès 1940, plusieurs écrivains se réunissent et publient dans des revues qui deviennent des moyens de lutte. Louis Aragon et Paul Éluard font ainsi paraître dans la revue *Poésie* des textes qui appellent

Autour de l'œuvre

Une radio clandestine, photographie, 1944.

au combat. Dans une période où la presse est aux mains du pouvoir, qui censure les médias autant qu'il assure la propagande de ses idées, les écrivains attribuent aux mots une nouvelle fonction, celle de défendre la dignité humaine, de s'insurger contre l'oppresseur, de redonner force, courage et espoir à ceux qui se battent. De nombreux poètes résistants, dont certains s'engagent par leurs actes autant que par leurs écrits, seront ainsi arrêtés, emprisonnés, parfois fusillés.

Louis Aragon et sa femme, Elsa Triolet, sont des résistants actifs. Entre juillet 1943 et septembre 1944, ils vivent cachés, sous les noms de Lucien et Élisabeth Andrieux (du nom du père de Louis Aragon), près de Valence, puis dans le quartier de Montchat à Lyon. Le 21 juin 1943, le chef du mouvement de la Résistance, Jean Moulin, est arrêté à Lyon. Louis Aragon et Elsa Triolet pensent qu'il est temps de quitter la ville, devenue alors beaucoup trop dangereuse. Mais ils ne cessent pas pour autant d'écrire poèmes, nouvelles, romans, contre l'Occupation et en faveur de la liberté de la France.

Repères chronologiques

1897	Naissance de Louis Aragon.
1914-1918	**Première Guerre mondiale à laquelle participe Louis Aragon.**
1917	Révolution russe.
1922	Accession au pouvoir de Benito Mussolini en Italie.
1924	Accession au pouvoir de Joseph Staline en URSS. *Manifeste du surréalisme* d'André Breton.
1933	**Accession au pouvoir d'Adolf Hitler en Allemagne.**
1936-1939	Guerre civile espagnole.
1939	Accession au pouvoir du général Franco en Espagne. Invasion de la Pologne par l'Allemagne. **Début de la Seconde Guerre mondiale.**
18 juin 1940	**Appel à la résistance lancé par le général de Gaulle à la radio depuis Londres.**
22 juin 1940	**Signature d'un armistice entre la France et l'Allemagne: la France est coupée en deux, une zone non-occupée (au sud) et une zone occupée par l'armée allemande (au nord).**
1942	Parution des *Yeux d'Elsa* de Louis Aragon (poésie).
16-17 juil. 1942	Rafle du Vél' d'Hiv' à Paris, plus grande arrestation massive de juifs en France pendant la Seconde Guerre mondiale.
1943	Parution de *La Rose et le Réséda* de Louis Aragon (poème).
1944	Parution d'*Aurélien* de Louis Aragon (roman).
8 mai 1945	**Capitulation de l'Allemagne qui met fin à la Seconde Guerre mondiale en Europe.**
1963	Parution du *Fou d'Elsa* de Louis Aragon (poésie).
1982	Mort de Louis Aragon.

Autour de l'œuvre

Les grands thèmes de l'œuvre

La nécessité de s'engager

De la passivité ordinaire…

La Seconde Guerre mondiale, qui a partagé la France en deux camps – celle qui soutient le régime de Vichy et celle qui résiste à l'occupant allemand –, a obligé les Français à prendre parti.

Pourtant, les personnages principaux des trois nouvelles présentées dans le recueil semblent, au début de l'intrigue, ne pas avoir d'opinion politique bien marquée. Berthe Picot, la femme du réparateur de postes de radio dans *Le Collaborateur*, affirme d'ailleurs : « Moi, […] je ne suis pas comme toi. Je ne suis pas pour la collaboration, mais ça me fait quelque chose quand un juif entre chez nous » (p. 9-10, l. 16-18). Ni pour ni contre, elle apparaît au début de la nouvelle comme moins radicale que son mari, mais pas non plus franchement opposée au régime de Vichy. Dans *Les Rencontres*, c'est le journaliste Pierre Vandermeulen qui endosse ce rôle de l'indécis. Vaguement favorable aux accords de Munich, il juge « imbuvable[s] » (p. 46, l. 133) les propos d'Émile Dorin, le communiste. Il semble en fait surtout influencé par la pensée dominante, et reste relativement passif.

Pourtant, ses rencontres successives avec Émile Dorin, mais aussi son départ pour le front où il se rendra compte de la guerre et de sa « dégueulasserie » (p. 46, l. 146), vont peu à peu éveiller sa conscience politique. Il en va de même pour Berthe Picot, qui, face aux réalités des rafles, et encore bouleversée d'avoir perdu son fils durant un exode militaire, va s'opposer plus fermement à son mari à la fin de la nouvelle. Elle ne peut ainsi s'empêcher de s'écrier « du fond du cœur » (p. 23, l. 392), lorsqu'il affirme : « – Mais toi, bien sûr, du moment qu'il y a le couvre-feu et que ça te gêne tant soit peu, du coup tu voudrais voir les Allemands au diable ! – Oh, ça, oui ! » (p. 23, l. 389-391).

... à la prise de conscience

La transformation de Pierre Vandermeulen, de même que celle du curé dans *Pénitent 1943*, est plus radicale encore, puisque les deux personnages évoluent vers un engagement réel dans la Résistance. Pierre Vandermeulen en appelle aux armes («Des armes... des armes, qu'on me donne des armes», p. 64, l. 671) et à l'union des forces contre l'occupant allemand. La nouvelle se termine en effet sur cette phrase: «Et quand il y en a un de tombé, il faut que dix autres se lèvent» (p. 65, l. 689), qui reprend les paroles d'Émile Dorin (p. 51, l. 289-290) et marque une évolution flagrante des convictions du narrateur au fil du récit. Le curé de *Pénitent 1943*, quant à lui, s'interroge malicieusement sur l'attentat à la bombe ayant eu lieu près de sa paroisse, achevant la nouvelle sur une question qui laisse entendre que le prêtre sera sans doute impliqué dans les futurs attentats: «Et alors... entre nous... cette bombe?» (p. 87, l. 352).

On comprend donc bien, à la lecture de ces trois nouvelles, qu'il s'agit avant tout pour Louis Aragon de nous rappeler l'importance de l'engagement.

Résistance ou collaboration

La Résistance

S'engager, durant la Seconde Guerre mondiale, c'est d'abord lutter aux côtés des résistants. Les membres de la Résistance, dans ces nouvelles, ne sont pas les personnages les plus approfondis, mais ce sont pourtant ceux qui exercent l'influence la plus forte sur les autres personnages, indécis.

Dans *Le Collaborateur*, les résistants sont les clients anonymes de Grégoire Picot, ces «gaullistes enragés» (p. 15, l. 183) qui écoutent «la radio anglaise» (p. 9, l. 10). Ceux-là, généralement, refusent de parler à M. Picot. Ce sont aussi les Lepage, qui ont caché un parachutiste et se sont fait arrêter. Dans *Pénitent 1943*, le résistant est un jeune homme sans nom, qui ne prend la parole qu'à la fin du récit et qui est comparé à un enfant sans défense. Enfin, dans *Les Rencontres*, le vrai résistant est moins Émile Dorin que son beau-frère, communiste convaincu, qui ne prend jamais la parole directement dans le récit. Pourtant, sa figure invisible traverse la nouvelle et les pensées du narrateur, aux côtés de celle d'Émile (« Où était-il, Émile, à cette heure ? Et le beau-frère, le communiste ? », p. 46, l. 140-141). Régulièrement, cette figure vient rappeler au narrateur que la guerre n'est pas tendre avec les opposants au régime, jusqu'à la révélation de sa mort par Émile : « "Les Boches…, dit-il à mi-voix. Quand ils l'ont eu abattu avec leurs mitraillettes… ils ont marché dessus… Ils lui ont écrasé la figure à coups de talon… Défoncé le crâne…" Je m'y attendais si peu. Le beau-frère. Le communiste. "Qu'est-ce qu'il avait fait ?" dis-je bêtement » (p. 51, l. 269-272). Cette mort révèle à Pierre Vandermeulen la barbarie du régime allemand, et l'amène définitivement à faire le choix de l'engagement.

Les dangers encourus par les résistants sont ainsi clairement évoqués dans cette nouvelle : il est question des ouvriers qui défendent leur usine contre les Allemands (p. 51, l. 274-279), de l'arrestation d'Yvonne, emprisonnée à Montluc (p. 53, l. 319-325), de celle de Rosette envoyée en Silésie (p. 54, l. 361-364), et surtout de ce collègue journaliste juif, que le narrateur cache chez lui et qui se fait arrêter et tabasser (p. 53, l. 342-347). Après son évasion de la prison, où il a été incarcéré pour non-déclaration de ce « locataire », le narrateur évoque avec tendresse le dévouement des résistants, sans les nommer directement (p. 55-57, l. 403-438). À partir de cet instant, il donne un témoignage concret de ce qu'était la Résistance à l'époque (p. 57-58, l. 452-476).

La collaboration

Mais tout le monde ne s'engage pas dans la Résistance, loin de là, et Louis Aragon choisit, de manière surprenante, de se mettre dans la tête d'un collaborateur dans la nouvelle qui ouvre ce recueil.

Les « collabos », comme on dit à l'époque, ce sont ces hommes et ces femmes qui ont pris le parti de la défaite française et se sont soumis aux règles du régime de Vichy, soumis au Troisième Reich d'Adolf

Hitler. L'une des conséquences de cette collaboration sera la mise au service des forces de police françaises lors des rafles de juifs. Au quotidien, cela se traduit, dans la vie des Français collaborateurs, par une série d'actions qui ne marquent pas forcément un engagement politique actif, mais davantage une mentalité collaborationniste, comme celle de Grégoire Picot.

Par le portrait un peu ridicule que Louis Aragon dresse de ce collaborateur, un homme pragmatique, pétri de bon sens populaire, comme en témoignent les expressions toutes faites et vides de sens qu'il emploie à longueur de discussions (p. 11, l. 51, l. 62-63 et l. 70), on comprend que l'auteur ne prend bien entendu pas son parti. Cette incursion dans les pensées d'un traître, qui se révèle finalement assez humain, par la chute de la nouvelle, est aussi intéressante que surprenante. Mais, derrière cette apparente complaisance, se cache pourtant une pensée radicale qui refuse de voir les atrocités commises par les nazis et qui prend le parti, sans aucun discernement, d'un régime autoritaire et antisémite. Aujourd'hui que toutes les atrocités des crimes commis par les nazis ont été mises au grand jour, on ne peut manquer d'être choqué par les réflexions de Grégoire Picot, qui rejette en bloc les soupçons de barbarie: « Maintenant, c'est pareil: on écouterait les gens, les occupants seraient des monstres, et je te fusille, et je te torture, les mères séparées de leurs petits, les malades achevés dans les hôpitaux, est-ce que je sais ce qu'ils vont inventer, moi! Et comme ça ne leur suffit pas d'accuser les Allemands, ils prétendent que les Français en font autant, que nous en faisons autant! Ces récits horrifiques de ce qui se passe dans les camps de concentration, les prisons… des épingles dans les talons… le genre chauffeur de la Drôme… enfin, la police du Maréchal, si on les croyait, ce serait l'Inquisition, l'Inquisition! » (p. 19, l. 274-284). Une attitude que dénonce Louis Aragon, et qui se retournera d'ailleurs, selon le processus de l'ironie tragique, contre Grégoire Picot à la fin du récit.

Vers l'écrit du Brevet

L'épreuve de français du Brevet dure trois heures et est notée sur 100 points. Elle est composée d'un travail de compréhension et d'interprétation d'un texte littéraire, et éventuellement d'une image en rapport avec le texte. Ce travail comprend des questions de grammaire ainsi qu'un exercice de réécriture. L'épreuve comporte également une dictée et une rédaction.

SUJET

A. Texte littéraire

Louis Aragon, « Le Collaborateur »,
***Servitude et grandeur des Français* (1945)**

Dans cette nouvelle, Louis Aragon suit le fil des pensées d'un réparateur de postes de radio collaborateur durant l'occupation allemande : Grégoire Picot.

C'était vrai que, dans le quartier, des tas de gens avaient varié d'opinion, depuis le 11 novembre. Grégoire Picot n'était pas comme ça, lui : il ne tournait pas sa veste toutes les cinq minutes. Une occupation, c'est une occupation, ça ne peut
5 pas aller sans inconvénients, il fallait s'y attendre.

« Quand on voit les choses de près, disait Mme Picot, ce n'est tout de même pas la même chose ! »

Son mari répondait que ça le faisait ricaner des raisonnements à la gomme comme celui-là : alors, ce qu'on pense dépendrait du premier incident venu, vous parlez de convictions ! Et puis, si dès que ça vous touche, ça change tout, quelle valeur ! C'était comme les gens qui lui disaient qu'il aurait dû être contre les Allemands, à cause de son fils. D'abord, Pierrot n'avait pas été tué par les Allemands. Et d'un. Un de ces stupides accidents des routes de l'exode[1], comme il se repliait avec sa batterie[2]... Ceux qui disaient que c'était du pareil au même, parce que s'il n'y avait pas eu les Allemands, il n'y aurait pas eu l'exode, et tout ce chambardement, ceux-là parlaient pour ne rien dire. Enfantin. Et puis, si Pierrot avait été tué par les Allemands, ça aurait été le même tabac. Parce que ce n'est pas parce que c'est mon fils. Parce qu'il faut avoir un peu de logique, tout de même, tout de même. Si son fils avait été tué par les Allemands, M. Grégoire Picot n'en aurait pas moins été collaborateur. Parce que, sans ça, cela aurait été le fils de quelqu'un d'autre la prochaine fois. Parce qu'où serait le mérite, si on était à l'abri des inconvénients de ses opinions ? Qu'on ne va pas dire qu'il fait nuit en plein midi, parce que le soleil vous dérange. Et ça va continuer longtemps, ces vendettas[3] ? Je tue ton fils, tu tues son fils, il tue notre fils... On se croirait à l'école ! Eh bien, tenez, j'accepte de penser que Pierre a été tué par les Allemands... pour faire plaisir à Berthe... parce que c'est étrange, mais ça lui ferait plaisir... C'est inexact, mais je le pense. Eh bien, ça ne modifie rien de ma vision du monde...

Quand Grégoire parlait de sa vision du monde, Berthe était tout simplement écrasée. Elle savait que son mari aimait bien Pierrot. C'était la preuve... quelle preuve meilleure aurait-il pu donner de sa sincérité ? Elle se tuait à le répéter à

---

1. **Exode** : fuite massive des populations devant l'invasion des troupes allemandes en mai-juin 1940.
2. **Batterie** : bataillon.
3. **Vendettas** : vengeances perpétuées sur plusieurs générations.

Mme Delavignette, à tout le monde, à M. Robert, aux vieilles demoiselles de la mercerie¹...

Bzz... brr... gr... Fchtt... badaboum... *tue les mouches... tue toutes les mouches...* Ah! cet enfant.

« Tu sais bien, Jacquot, qu'il ne faut pas toucher! »

Suzy Solidor² avait glissé dans les mouches. M. Picot rétablit *Lily Marlène* et caressa la petite tête bouclée. C'était sa faiblesse, cet enfant, tout ce qui lui restait de Pierre. Abandonné par la mère, une pas grand-chose. Il ressemblait aux petits anges des images, vous savez ceux qui sont drôlement accoudés...

« Va avec ta grand-mère, mon amour. Grand-père a à travailler... »

Louis Aragon, «Le Collaborateur»,
Servitude et grandeur des Français, 1945.

---

1. Mercerie: boutique d'objets destinés à la couture.
2. Suzy Solidor (1900-1983): chanteuse, actrice et romancière française, qui tenait un cabaret fréquenté par les soldats allemands durant l'Occupation. Elle ajouta à son répertoire une adaptation française de la chanson allemande *Lili Marleen*.

B. Image
Théo Matejko, *Affiche de propagande* (1940)

Théo Matejko, *Affiche de propagande allemande*, 1940, collection particulière.

Travail sur le texte littéraire et sur l'image
(1 h 10, 50 points)

Les réponses doivent être entièrement rédigées.

■ *Compréhension et compétences d'interprétation*

1. a. Par quel type de narrateur le récit est-il pris en charge ? **(2 points)**
b. Quels sont les différents points de vue adoptés dans le passage ? **(2 points)**

2. a. Relevez trois expressions familières employées par Grégoire Picot. **(3 points)**
b. Qu'est-ce que ce type de langage nous révèle sur le personnage principal ? **(2 points)**

3. Relevez trois arguments avancés par Grégoire Picot pour justifier le fait d'être un collaborateur. **(3 points)**

4. a. Qui sont les différents voisins des Picot ? **(2 points)**
b. Dans quel milieu social évoluent-ils ? Justifiez par des citations précises du texte. **(2 points)**

5. « Quand Grégoire parlait de sa vision du monde, Berthe était tout simplement écrasée » (l. 33) : quel est le sens du mot « écrasée » dans cette phrase ? **(2 points)**

6. a. Relevez un passage au discours indirect libre qui laisse entendre les paroles de Grégoire Picot. **(2 points)**
b. Relevez un passage au discours indirect libre qui laisse entendre les paroles de Berthe Picot. **(2 points)**
c. Quel est l'effet produit par ce choix de paroles rapportées sur le lecteur ? **(2 points)**

7. Montrez que Grégoire Picot laisse peu de place à la parole de sa femme, et à sa liberté de penser. **(4 points)**

8. Quels sont les éléments qui rapprochent le texte de l'image ? **(4 points)**

9. Quelles impressions suscitent en vous l'affiche de propagande ?
Ce type de document vous paraît-il plus efficace pour évoquer
la collaboration que le texte ? **(4 points)**

■ *Grammaire et compétences linguistiques*

10. « Quand on voit les choses de près, disait Mme Picot, ce n'est tout
de même pas la même chose ! » (l. 6-7)
Réécrivez ce passage au discours indirect. **(5 points)**

11. « ceux-là parlaient pour ne rien dire » (l. 18) :
a. À quelle classe grammaticale appartient « ceux » ? **(2 points)**
b. Quelle est sa fonction dans la phrase ? **(2 points)**
c. Que remplace le groupe « ceux-là » ? **(1 point)**

12. « c'est <u>inexact</u>, mais je le pense » (l. 31).
Étudiez la construction du mot souligné et dites quel est son sens
dans la phrase. **(4 points)**

Dictée (20 minutes, 10 points)

Votre professeur vous dictera un extrait de la nouvelle *Le Collaborateur*,
de « Qu'est-ce qu'il penserait, Pierre, s'il vivait ? » à « Un et un font deux,
même si Pierre… » (p. 17-18, l. 236-249).

Rédaction (1h30, 40 points)

Vous traiterez au choix l'un des sujets suivants.

■ *Sujet d'imagination*

Imaginez que Berthe Picot réponde à son mari, afin de lui opposer des arguments contre la collaboration.

Votre texte devra présenter au moins trois arguments distincts et respecter les caractéristiques du dialogue.
Votre rédaction sera d'une longueur minimale d'une soixantaine de lignes (300 mots environ).

■ *Sujet de réflexion*

Selon vous, la littérature est-elle un moyen efficace pour dénoncer la guerre ou des faits de société comme la misère ?

Vous répondrez à cette question dans un développement argumenté en vous appuyant sur vos lectures, votre culture personnelle et les connaissances acquises dans l'ensemble des disciplines.
Votre rédaction sera d'une longueur minimale d'une soixantaine de lignes (300 mots environ).

Fenêtres sur...

Des ouvrages à lire

Des récits sur l'Occupation, la Résistance et la collaboration

• Vercors, *Le Silence de la mer* [1942], Librairie générale française, « Le Livre de poche », 1967.
Dans une demeure sur le bord de mer, un vieil homme et sa nièce doivent subir la présence d'un officier allemand qui s'installe chez eux durant l'Occupation. Ils s'enferment alors dans le silence.

• Elsa Triolet, *Le premier accroc coûte deux cents francs* [1944], Gallimard, « Folio », 1973.
Le titre de ce recueil de quatre nouvelles fait référence à l'une des phrases mystérieuses que l'on entendait à la radio de Londres, pendant l'Occupation, un message chiffré destiné à la Résistance...

• Jean-Louis Bory, *Mon village à l'heure allemande* [1945], J'ai lu, 2009.
L'histoire enjouée d'un village français durant l'Occupation, à la veille du débarquement allié.

- **Romain Gary**, *Éducation européenne* [1945], Gallimard, « Folio », 1972.
Écrit pendant la guerre, alors que Romain Gary était lui-même engagé dans la Résistance, ce roman constitue un témoignage, poignant parce que vécu, de l'horreur de la guerre et des faits de résistance des partisans polonais.

- **Marcel Aymé**, *Le Vin de Paris* [1947], Gallimard, « Folio », 1984.
Un recueil de huit nouvelles dont la très connue « Traversée de Paris » qui conte une histoire de marché noir pendant l'Occupation, et qui a donné lieu à une adaptation cinématographique par Claude Autant-Lara en 1956 avec Bourvil, Jean Gabin et Louis de Funès.

- **Régine Deforges**, *La Bicyclette bleue*, Librairie générale française, « Le Livre de poche », 1981.
Un classique de la littérature de guerre, en plusieurs tomes ! Léa, belle et rebelle jeune fille de dix-sept ans, se trouve plongée dans la guerre et la Résistance.

- **Joseph Kessel**, *L'Armée des ombres* [1963], Pocket, 2001.
Un roman écrit à Londres, en 1943, sur les combattants de l'ombre, les résistants français.

- **Patrick Modiano**, *La Ronde de nuit* [1969], Gallimard, « Folio », 1976.
Paris, en pleine Occupation. Le narrateur, qui ne peut choisir entre servir la Gestapo ou la Résistance, est tiraillé par la question qui court à travers tout le roman : faut-il devenir un traître ?

- **Irène Némirovsky**, *Suite française* [2004] (posthume), Gallimard, « Folio », 2006.
Ce roman inachevé, écrit par une femme d'origine juive qui mourra dans un camp de concentration, décrit la France de l'exode puis celle de l'Occupation « à l'heure allemande ».

- Tatiana de Rosnay, *Elle s'appelait Sarah* [2006], Librairie générale française, « Le Livre de poche », 2010.
Paris, juillet 1942 : Sarah, une fillette de dix ans qui porte l'étoile jaune, est arrêtée avec ses parents par la police française, au milieu de la nuit. Paniquée, elle met son petit frère à l'abri en lui promettant de revenir le libérer dès que possible...

- Philippe Claudel, *Le Rapport de Brodeck* [2007], Librairie générale française, « Le Livre de poche », 2009.
Revenu de déportation, Brodeck est chargé de rédiger un rapport sur la mort d'un étranger, der Anderer (l'autre), qui séjournait dans le village. Une parabole sur la lâcheté collective, la déshumanisation et la xénophobie.

🎬 Des films à voir

(Les œuvres citées ci-dessous sont disponibles en DVD ou en VOD.)

Du côté des résistants...

- *Paris brûle-t-il ?*, de René Clément, avec Jean-Paul Belmondo, Jean-Pierre Cassel, Alain Delon, 1966.
1944. Grâce à l'action des résistants, la libération de Paris n'est plus qu'une question de jours. Mais Hitler donne l'ordre à son armée de ne pas se retirer sans avoir détruit la ville...

- *L'Armée des ombres*, de Jean-Pierre Melville, avec Lino Ventura, Paul Meurisse, Jean-Pierre Cassel, 1969.
Cette adaptation du roman de Joseph Kessel retrace la difficile vie clandestine d'un réseau de résistants traqué à la fois par la Gestapo et par la police de Vichy.

- *Au revoir les enfants*, de Louis Malle, avec Gaspard Manesse, François Berléand, Philippe Morier-Genoud, 1987.
Pendant l'hiver 1944, un prêtre résistant cache trois enfants juifs parmi les élèves de l'internat qu'il dirige, au péril de sa propre vie. Ce film est inspiré de l'histoire vraie du père Jacques de Jésus.

- *Monsieur Batignole*, de Gérard Jugnot, avec Jules Sitruk, Gérard Jugnot, Michèle Garcia, 2002.
Dans le Paris occupé de 1942, un boucher pétainiste, pourtant lâche et égoïste, se prend d'affection pour un enfant juif dont toute la famille a été arrêtée, et organise la fuite de celui-ci vers la Suisse.

- *Effroyables jardins*, de Jean Becker, avec Jacques Villeret, André Dussollier, Thierry Lhermitte, 2003.
Ce film, adapté du roman de Michel Quint, montre comment un adolescent finit par accepter la vocation de clown de son père: celle-ci lui vient de la guerre, où, sur le point d'être exécuté aux côtés d'autres résistants, il retrouva l'espoir grâce aux clowneries d'un soldat allemand.

- *Les Femmes de l'ombre*, de Jean-Paul Salomé, avec Sophie Marceau, Julie Depardieu et Marie Gillain, 2008.
L'histoire d'une résistante chargée d'exfiltrer un agent britannique tombé aux mains de la Gestapo, et qui, pour mener à bien sa mission, constitue et dirige un commando de femmes.

- *L'Armée du crime*, de Robert Guédiguian, avec Simon Abkarian, Virginie Ledoyen, Robinson Stévenin, 2009.
Dans Paris occupé par les Allemands, un groupe de jeunes juifs étrangers entre en résistance pour défendre le pays qui leur a donné l'asile, sous l'impulsion d'un juif arménien, poète et ouvrier, Manouchian. De sabotages en attentats, ils deviennent de vrais héros de l'ombre, et vont être traqués par les Allemands.

- *La Rafle*, de Rose Bosch, avec Jean Reno, Mélanie Laurent, Gad Elmaleh, 2010.
Le 16 juillet 1942 eut lieu la plus grande rafle de juifs en France: 13 000 personnes, dont de nombreux enfants, sont arrêtées et déportées. Ce film retrace ces journées tragiques, à hauteur d'enfant, et dans un constant souci documentaire.

... et du côté des collaborateurs

• *Les Maudits*, de René Clément, avec Henri Vidal et Florence Marly, 1946.
En 1945, alors que s'effondre le régime hitlérien, des nazis et des collaborateurs prennent la fuite à bord d'un sous-marin, en direction de l'Amérique du Sud.

• *Lacombe Lucien*, de Louis Malle, avec Aurore Clément, Pierre Blaise, 1974.
Après avoir tenté sans succès d'intégrer un groupe de maquisards, un jeune homme est recruté comme informateur par la Gestapo. Un film qui fit scandale lors de sa sortie, pour avoir montré les hasards qui peuvent conduire une même personne à la Résistance comme à la collaboration.

• *Section spéciale*, de Costa-Gavras, avec Costa-Gavras, Jacques Perrin, Michael Lonsdale, 1974.
Ce film montre comment, en 1941, après le célèbre attentat du métro Barbès, où un jeune communiste abattit un officier allemand, le régime de Vichy vota une loi d'exception permettant de juger et de condamner des prisonniers communistes.

• *L'œil de Vichy*, documentaire français de Claude Chabrol, 1993.
Sans les commenter, ce documentaire présente dans l'ordre chronologique les images d'actualité du temps de Vichy, pour mettre en évidence propagande, mensonges et omissions du régime.

• *Pétain*, de Jean Marbœuf, avec Jacques Dufilho, Jean Yanne, Clovis Cornillac, Jean-Pierre Cassel, 1993.
Ce film retrace la vie du maréchal Pétain et son rôle au sein du régime de Vichy, depuis sa prise de pouvoir en 1940, jusqu'à sa chute en 1945.

• *93, rue Lauriston*, téléfilm de Denys Granier-Deferre, avec Michel Blanc, Samuel Le Bihan, Daniel Russo, 2004.
Au cœur de la guerre, des malfrats français viennent en aide à la Gestapo pour traquer les résistants, tandis que, après la Libération, un inspecteur tente en vain de faire connaître ces méfaits.

🏛 Des œuvres d'art à découvrir

(Toutes les œuvres citées ci-dessous peuvent être vues sur Internet.)

• **Julia Pirotte, *Maquisards près de Venelles à Sainte-Victoire en 1944*, musée de l'Armée, Paris.**
Julia Pirotte, photographe de presse polonaise et résistante, livre dans ses photographies un témoignage étonnant de la Résistance au quotidien.

• **Jean Daligault, *Détenu à Hinzert*, Centre Pompidou, Paris.**
Jean Daligault, prêtre et résistant français, arrêté en 1941, réalise la majeure partie de son œuvre en captivité, avec les moyens du bord et une grande inventivité. Il est assassiné à Dachau en 1945.

🌐 Des lieux historiques à visiter

• **Mémorial de la Résistance en Vercors**
Col de La Chau – 26420 Vassieux en Vercors – Drôme.
Pour découvrir l'histoire tragique de la Résistance en Vercors, à travers un parcours muséographique moderne.

• **Centre d'Histoire de la Résistance et de la déportation**
14, avenue Berthelot – 69007 Lyon.
Un musée, à la fois centre documentaire et lieu de mémoire, implanté dans un ancien siège de la Gestapo : Jean Moulin, comme de nombreux autres résistants, y fut torturé.

• **Mémorial de Caen**
Esplanade du général Eisenhower – 14000 Caen.
Depuis 1988, le mémorial de Caen, tout proche des plages du débarquement, est un centre de référence sur la Seconde Guerre mondiale, qu'il évoque à travers des expositions accessibles à tous.

- **Mont-Valérien,**
Avenue du Professeur Léon Bernard – 92150 Suresnes.
C'est dans cette ancienne forteresse que furent exécutés par les nazis plus de 1000 résistants et otages français.

@ Des sites Internet à consulter

- http://www.museedelaresistanceenligne.org/liste-expo.php
Un site qui abrite de nombreuses expositions virtuelles, et qui présente des documents variés autour de l'histoire de la Résistance.

- http://www.cheminsdememoire.gouv.fr/fr/articles-historiques?tid%5B%5D=51
Des articles, des cartes et des vidéos pour aborder tous les aspects de la Seconde Guerre mondiale.

- http://fresques.ina.fr/jalons/parcours/0003/les-annees-noires-les-francais-sous-l-occupation-allemande-1940-1944.html
Un dossier pédagogique complet, agrémenté de vidéos d'archives, pour mieux comprendre la vie des Français sous l'Occupation.

Lexique

Lexique de la Seconde Guerre mondiale

Les astérisques, dans les définitions, renvoient aux entrées du lexique.

Accords de Munich: accords signés en 1938 entre l'Allemagne, la France, le Royaume-Uni et l'Italie, qui valident l'annexion de la région des Sudètes, en Tchécoslovaquie, par l'Allemagne. Ces accords, qui visent à éviter la guerre, sont pourtant parfois considérés comme l'un des déclencheurs de la Seconde Guerre mondiale, et ont profondément divisé l'opinion française.

Alliés: pays membres de la Grande Alliance (principalement États-Unis, Royaume-Uni, URSS), en guerre contre l'Allemagne et les pays de l'Axe (Italie, Japon).

Antisémitisme: doctrine raciste à l'égard des Juifs.

Armistice: arrêt des combats qui ne met cependant pas fin à l'état de guerre. Le maréchal Pétain*, signe un armistice avec l'Allemagne le 22 juin 1940, qui établit les conditions de l'occupation* allemande.

Camp de concentration: camp mis en place par l'Allemagne nazie* et destiné à enfermer les individus jugés dangereux par le régime.

Camp d'extermination: camp mis en place par l'Allemagne

nazie* et destiné à éliminer les juifs et les Tziganes.

Charles de Gaulle (1890-1970) : militaire, il participe à la Première Guerre mondiale. Refusant l'armistice signé par le maréchal Pétain*, il rejoint Londres, où il lance à la radio britannique des appels à poursuivre le combat. Il fonde alors les Forces Françaises libres (FFL) et devient, en 1943, le chef de file de la Résistance* française.

Collaboration : action de coopérer avec un ennemi occupant le territoire national, en l'occurrence avec l'Allemagne nazie*.

Communisme : idéologie politique qui vise à créer une société sans classe sociale ni propriété privée, en plaçant sous le contrôle de l'État l'ensemble des moyens de production.

Communiste : membre du Parti communiste ou partisan du communisme. Les communistes, pourchassés par les nazis*, entrent officiellement en résistance le 22 juin 1941, au moment de l'invasion de l'URSS par l'Allemagne. Mais certains d'entre eux luttent dès le début de la Seconde Guerre mondiale contre l'invasion allemande.

Délation : dénonciation, encouragée par les autorités politiques, des juifs et des opposants au régime de Vichy* (résistants, communistes, réfractaires au STO*...).

Exode : fuite massive des populations devant l'invasion de la France, de la Belgique et des Pays-Bas par les troupes allemandes en mai-juin 1940. Huit à dix millions de personnes ont ainsi fui vers le sud de la France, ce qui représente l'un des déplacements de population les plus importants du XXe siècle.

Gestapo : police secrète d'État du Troisième Reich*, chargée de traquer les opposants au régime.

Adolf Hitler (1889-1945) : dirigeant qui instaura en Allemagne, de 1933 à 1945, un régime totalitaire*, raciste et antisémite*, appelé Troisième Reich*. Surnommé le *Führer* (le guide), il déclenche la Seconde Guerre mondiale en 1939 en envahissant la Pologne. Il se suicide en 1945, alors que l'armée allemande est vaincue par les troupes alliées*.

Légion : Légion française des combattants (LFC), organisation créée en 1940 par le régime de

Vichy et regroupant d'anciens combattants de la Première Guerre mondiale.

Maquis: lieu de végétation dense, souvent difficile d'accès, où se réfugiaient les résistants, appelés par la suite « maquisards ».

Marché noir: vente clandestine, souvent à prix élevé, de produits rares ou rationnés*.

Milice: organisation paramilitaire créée par le régime de Vichy* et chargée de traquer les juifs et les opposants.

Benito Mussolini (1883-1945): homme d'État italien qui fonda le fascisme, système politique autoritaire qui allie populisme, nationalisme et totalitarisme, proche du nazisme mis en place plus tard par Adolf Hitler*.

Nazisme: contraction de « national-socialisme », nom de la doctrine raciste, antisémite*, nationaliste et antidémocratique élaborée par Adolf Hitler*.

Occupation: nom donné à la période d'occupation du territoire français par les troupes allemandes, de 1940 à 1945.

Philippe Pétain (1856-1951): militaire et héros de la Première Guerre mondiale, il devient, en juillet 1940, le chef du régime de Vichy*. Il instaure un pouvoir autoritaire, qui réprime les libertés, et s'engage dans la collaboration avec l'Allemagne nazie*.

Propagande: ensemble des méthodes de communication utilisées pour faire accepter certaines idées ou doctrines à toute une population.

Rafle: arrestation massive, organisée à l'improviste. La rafle la plus importante en France, pendant la Seconde Guerre mondiale, est celle du Vél' d'Hiv', les 16 et 17 juillet 1942, au cours de laquelle plus de 13 000 juifs sont arrêtés pour être déportés en camp de concentration* et d'extermination*.

Rationnement: mesure de restriction prise par l'État, pour répartir entre toute la population les biens et denrées alimentaires qui ne sont plus présents en quantité suffisante. Un ministère du Rationnement est créé en mars 1940. Des cartes et des tickets de rationnement, avec des lettres sont ensuite mis en place pendant l'Occupation*.

Régime (ou gouvernement) de Vichy: régime politique français dirigé par le maréchal Pétain*, du

10 juillet 1940 au 20 août 1944, qui collabore avec l'Allemagne nazie, pendant l'Occupation*.

Relève : système imposé par les Allemands en mai 1942, qui prévoyait la libération d'un prisonnier de guerre français contre l'envoi en Allemagne de trois travailleurs volontaires.

Résistance : opposition à la puissance occupante et lutte pour la libération de son pays.

Joseph Staline (1878-1953) : dirigeant communiste* de l'Union des républiques socialistes soviétiques (URSS) de 1929 à sa mort, qui instaura un régime totalitaire*. Allié au Royaume-Uni et aux États-Unis, il combat les troupes allemandes sur le front est.

STO : Service de travail obligatoire, système mis en place par l'Allemagne en septembre 1942 et destiné à fournir des ouvriers français dans les usines allemandes.

Tondues : femmes tondues en signe de punition pour leurs relations avec l'ennemi. Au début des années 1920, des femmes allemandes sont tondues par leurs compatriotes pour avoir entretenu des relations avec des soldats français, qui occupent alors une partie du territoire de l'Allemagne, à l'issue de la Première Guerre mondiale. Des actes similaires ont lieu en France, à l'issue de la Seconde Guerre mondiale.

Totalitarisme : régime politique antidémocratique, dans lequel l'État cherche à tout contrôler (économie, société, individus, etc.) en utilisant la répression et la propagande*.

Troisième Reich : nom donné au régime politique totalitaire* mis en place par Adolf Hitler* en Allemagne, de 1933 à 1945.

Zone occupée/Zone non-occupée : après la signature de l'armistice*, la France est divisée en deux zones. Seule la zone nord (voir carte p. 6) est occupée par l'armée allemande, selon les conditions de l'armistice. Le 11 novembre 1942, l'Allemagne envahit la zone non-occupée, à la suite du débarquement des troupes alliées* en Afrique du Nord.

Dans la même collection

CLASSICOCOLLÈGE

14-18 Lettres d'écrivains (anthologie) (1)
Contes (Andersen, Aulnoy, Grimm, Perrault) (93)
Douze nouvelles contemporaines (anthologie) (119)
Fabliaux (94)
La Farce de maître Pathelin (75)
Gilgamesh (17)
Histoires de vampires (33)
La Poésie engagée (anthologie) (31)
La Poésie lyrique (anthologie) (49)
Le Roman de Renart (50)
Les textes fondateurs (anthologie) (123)
Neuf nouvelles réalistes (anthologie) (125)
Jean Anouilh – *Le Bal des voleurs* (78)
Guillaume Apollinaire – *Calligrammes* (2)
Louis Aragon – *Le Collaborateur et autres nouvelles sur la guerre* (142)
Honoré de Balzac – *Le Colonel Chabert* (57)
René Barjavel – *Le Voyageur imprudent* (141)
Béroul – *Tristan et Iseut* (61)
Ray Bradbury – *Fahrenheit 451* (152)
Albert Camus – *Le Malentendu* (114)
Lewis Carroll – *Alice au pays des merveilles* (53)
Driss Chraïbi – *La Civilisation, ma Mère!...* (79)
Chrétien de Troyes – *Érec et Énide* (144)
Chrétien de Troyes – *Lancelot ou le Chevalier de la charrette* (109)
Chrétien de Troyes – *Yvain ou le Chevalier au lion* (3)
Jean Cocteau – *Antigone* (96)
Albert Cohen – *Le Livre de ma mère* (59)
Corneille – *Le Cid* (41)
Didier Daeninckx – *Meurtres pour mémoire* (4)
Dai Sijie – *Balzac et la Petite Tailleuse chinoise* (116)
Annie Ernaux – *La Place* (82)
Georges Feydeau – *Dormez, je le veux!* (76)
Gustave Flaubert – *Un cœur simple* (77)
Romain Gary – *La Vie devant soi* (113)
Théophile Gautier – *La Morte amoureuse et autres nouvelles fantastiques* (146)
Jean Giraudoux – *La guerre de Troie n'aura pas lieu* (127)
William Golding – *Sa Majesté des Mouches* (5)
Jacob et Wilhelm Grimm – *Contes* (73)

Homère – *L'Odyssée* (14)
Victor Hugo – *Claude Gueux* (6)
Victor Hugo – *Les Misérables* (110)
Joseph Kessel – *Le Lion* (38)
Rudyard Kipling – *Le Livre de la Jungle* (133)
Jean de La Fontaine – *Fables* (74)
J.M.G. Le Clézio – *Mondo et trois autres histoires* (34)
Mme Leprince de Beaumont – *La Belle et la Bête* (140)
Jack London – *L'Appel de la forêt* (30)
Guy de Maupassant – *Histoire vraie et autres nouvelles* (7)
Guy de Maupassant – *Le Horla* (54)
Guy de Maupassant – *Nouvelles réalistes* (97)
Prosper Mérimée, Théophile Gautier, Guy de Maupassant – *La Vénus d'Ille et autres nouvelles fantastiques* (136)
Marivaux – *L'Île des esclaves* (139)
Molière – *L'Avare* (51)
Molière – *Le Bourgeois gentilhomme* (62)
Molière – *Les Fourberies de Scapin* (9)
Molière – *George Dandin* (115)
Molière – *Le Malade imaginaire* (42)
Molière – *Le Médecin malgré lui* (13)
Molière – *Le Médecin volant et L'Amour médecin* (52)
Jean Molla – *Sobibor* (32)
George Orwell – *La Ferme des animaux* (130)
Ovide – *Les Métamorphoses* (37)
Charles Perrault – *Contes* (15)
Edgar Allan Poe – *Trois nouvelles extraordinaires* (16)
Jules Romains – *Knock ou le Triomphe de la médecine* (10)
Edmond Rostand – *Cyrano de Bergerac* (58)
Antoine de Saint-Exupéry – *Lettre à un otage* (11)
William Shakespeare – *Roméo et Juliette* (70)
Sophocle – *Antigone* (81)
John Steinbeck – *Des souris et des hommes* (100)
Robert Louis Stevenson – *L'Île au Trésor* (95)
Jonathan Swift – *Gulliver. Voyage à Lilliput* (151)
Jean Tardieu – *Quatre courtes pièces* (63)
Michel Tournier – *Vendredi ou la Vie sauvage* (69)
Mark Twain – *Les Aventures de Tom Sawyer* (150)
Fred Uhlman – *L'Ami retrouvé* (80)
Paul Verlaine – *Romances sans paroles* (12)
Anne Wiazemsky – *Mon enfant de Berlin* (98)
Émile Zola – *Au Bonheur des Dames* (128)

CLASSICOLYCÉE

Des poèmes et des rêves (anthologie) (105)
Guillaume Apollinaire – *Alcools* (25)
Honoré de Balzac – *La Fille aux yeux d'or* (120)
Honoré de Balzac – *Le Colonel Chabert* (131)
Honoré de Balzac – *Le Père Goriot* (99)
Charles Baudelaire – *Les Fleurs du mal* (21)
Charles Baudelaire – *Le Spleen de Paris* (87)
Beaumarchais – *Le Barbier de Séville* (138)
Beaumarchais – *Le Mariage de Figaro* (65)
Ray Bradbury – *Fahrenheit 451* (66)
Albert Camus – *La Peste* (90)
Emmanuel Carrère – *L'Adversaire* (40)
Blaise Cendrars – *Prose du Transsibérien et autres poèmes* (147)
Corneille – *Le Cid* (129)
Corneille – *Médée* (84)
Dai Sijie – *Balzac et la Petite Tailleuse chinoise* (28)
Robert Desnos – *Corps et Biens* (132)
Denis Diderot – *Supplément au Voyage de Bougainville* (56)
Alexandre Dumas – *Pauline* (121)
Marguerite Duras – *Le Ravissement de Lol V. Stein* (134)
Marguerite Duras – *Un barrage contre le Pacifique* (67)
Paul Éluard – *Capitale de la douleur* (91)
Annie Ernaux – *La Place* (35)
Élisabeth Filhol – *La Centrale* (112)
Francis Scott Fitzgerald – *Gatsby le magnifique* (104)
Gustave Flaubert – *Madame Bovary* (89)
François Garde – *Ce qu'il advint du sauvage blanc* (145)
Romain Gary – *La Vie devant soi* (29)
Jean Genet – *Les Bonnes* (45)
Jean Giono – *Un roi sans divertissement* (118)
J.-Cl. Grumberg, Ph. Minyana, N. Renaude – *Trois pièces contemporaines* (24)
Victor Hugo – *Le Dernier Jour d'un condamné* (44)
Victor Hugo – *Anthologie poétique* (124)
Victor Hugo – *Ruy Blas* (19)
Eugène Ionesco – *La Cantatrice chauve* (20)
Eugène Ionesco – *Le roi se meurt* (43)
Laclos – *Les Liaisons dangereuses* (88)
Mme de Lafayette – *La Princesse de Clèves* (71)
Jean de La Fontaine – *Fables* (126)
Marivaux – *L'Île des esclaves* (36)

Marivaux – *Le Jeu de l'amour et du hasard* (55)
Guy de Maupassant – *Bel-Ami* (27)
Guy de Maupassant – *Pierre et Jean* (64)
Guy de Maupassant – *Une partie de campagne et autres nouvelles réalistes* (143)
Molière – *Dom Juan* (26)
Molière – *L'École des femmes* (102)
Molière – *Les Femmes savantes* (149)
Molière – *Le Misanthrope* (122)
Molière – *Le Tartuffe* (48)
Montesquieu – *Lettres persanes* (103)
Alfred de Musset – *Lorenzaccio* (111)
Alfred de Musset – *On ne badine pas avec l'amour* (86)
George Orwell – *La Ferme des animaux* (106)
Pierre Péju – *La Petite Chartreuse* (92)
Charles Perrault – *Contes* (137)
Francis Ponge – *Le Parti pris des choses* (72)
Abbé Prévost – *Manon Lescaut* (23)
Racine – *Andromaque* (22)
Racine – *Bérénice* (60)
Racine – *Britannicus* (108)
Racine – *Phèdre* (39)
Arthur Rimbaud – *Œuvres poétiques* (68)
Edmond Rostand – *Cyrano de Bergerac* (148)
Paul Verlaine – *Poèmes saturniens* et *Fêtes galantes* (101)
Voltaire – *Candide* (18)
Voltaire – *L'Ingénu* (85)
Voltaire – *Micromégas* (117)
Voltaire – *Traité sur la tolérance* (135)
Voltaire – *Zadig* (47)
Émile Zola – *La Fortune des Rougon* (46)
Émile Zola – *Nouvelles naturalistes* (83)
Émile Zola – *Thérèse Raquin* (107)

Pour obtenir plus d'informations, bénéficier d'offres spéciales enseignants ou nous communiquer vos attentes, renseignez-vous sur **www.collection-classico.com** ou envoyez un courriel à **contact.classico@editions-belin.fr**